바람이 불어,
내가 원치 않아도

초판 1쇄 발행 | 2009년 6월 30일
　　 14쇄 발행 | 2020년 5월 10일
지은이 | 이상운
펴낸이 | 최윤정
펴낸곳 | 바람의아이들
만든이 | 최문정 이창섭 여은영 김민영 박미란
등록 | 2003년 7월 11일(제312-2003-38호)
제조국 | 한국
구독 연령 | 11세 이상
주소 | 서울시 마포구 동교로 17안길 43-4
전화 | (02) 3142-0495　 팩스 | (02) 3142-0494
이메일 | barambooks@daum.com

www.barambooks.net

ISBN 978-89-90878-79-3 43810
　　 978-89-90878-04-5(세트)

※ 이 작품은 한국문화예술위원회 창작지원금 수혜작입니다.

바람이 불어,
내가
원치 않아도

이상운 지음

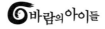
바람의아이들

다시, 건희에게,
행복한 사람이 되기를!

차례

우리는 서로를 이해할 수 있다.
그러나 그 의미를 해석할 수 있는 것은
자기 자신뿐이다.

- 헤르만 헤세

˚가을비를 따라온 녀석

이른 추석 연휴가 지나고 비가 내리기 시작했다. 그 비를 따라 지훈이가 왔다. 비가 내리고 있을 때 녀석이 나타난 건 아니었다. 하지만 그런 느낌으로 기억에 남아 있다. 비를 따라 그 녀석이 온 것 같은……

첫날, 비는 오후 늦게 시작되었다. 나는 2층 교실 창가에서 빗물에 촉촉이 젖고 있는 텅 빈 운동장을 내려다보고 있었다. 그때 왠지 누군가가 나를 찾아올 것 같은 느낌이 들었다. 그러나 나를 찾아올 사람은 아무도 없었다. 그때는 지훈이를 떠올리지도 못했다.

비는 내리다 말다 하며 사흘간 이어졌고, 기온은 나날이 내려갔다. 지난여름 그렇게 난리를 쳤고, 구월이 되어서도 남아 있던 더위는 싹 물러가 버렸다. 갑자기 변하는 날씨가 간사스럽게 느껴질 정도였다.

사흘 뒤에 비가 그쳤다. 유리처럼 맑고 파란 하늘 여기저기에 솜사탕 같은 하얀 구름이 떠 있었다. 아침저녁 바람은 차갑고 스산했으며, 초록빛 나뭇잎들이 어쩐지 슬퍼 보였다. 이제 조금씩 물이 들면서 하나둘 떨어질 테지, 하고 나는 자꾸 생각했다.

그날, 수업이 끝난 뒤 담임선생님이 나를 불렀다. 가슴이 조금 뛰었지만 걱정되지는 않았다. 고등학생이 된 이후로 나는 어떤 말썽도 부리지 않았으니까.

담임선생님은 상담실의 사각형 탁자를 사이에 두고 어떤 낯선 아저씨와 마주 보고 있었다. 뭔가 얘기를 주고받고 있던 두 사람은 내가 들어서자 동시에 쳐다보았다.

"어, 왔어? 이리 와서 좀 앉아라."

선생님이 나를 보고 말했다.

사각 턱에 눈썹이 짙고 회색 점퍼를 입은 낯선 아저씨가 나를 유심히 바라보았다. 나를 관찰하는 듯한 눈빛에 다시 가슴이 조금 뛰었다. 무슨 일일까 생각해 보았다. 하지만 아무것도 떠오르지 않았다.

그럴 수밖에 없었다. 나는 그 아저씨가 지훈이와 관계가 있을

줄은 상상도 하지 못했다. 나는 이제 지훈이에 대해서는 거의 생
각하지 않고 있었다. 아주 가끔 그놈은 지금쯤 어떻게 지내고 있
을까 궁금하긴 했지만 그저 그것뿐이었다.

나는 기다란 사각 탁자의 끝에 앉았다.

"긴장할 거 없어. 몇 가지 물어볼 거니까."

내 모습이 딱딱해 보였는지 선생님이 말했다.

선생님은 마주 앉은 낯선 아저씨를 한 번 보고 나서 말을 이었다.

"너 혹시 김지훈이라는 애 아니?"

말문이 막혔다.

선생님과 낯선 남자가 내 대답을 기다리고 있었다.

"예, 아, 아는데요."

나는 더듬거리며 말했다.

눈썹이 짙은 아저씨가 나를 유심히 바라보았다. 이번엔 선생님
의 눈길에도 나를 관찰하는 듯한 빛이 서려 있었다.

"이분은 경찰서에 계신 분이야."

선생님이 다시 말했다.

나는 공기를 잔뜩 들이마신 뒤 길게 내뱉었다.

"혹시 지훈이를 최근에 본 적 있니?"

선생님이 물었다.

나는 고개를 저었다.

"없습니다."

"그럼……"

선생님은 무엇을 물어야 할지 모르겠는지 머뭇거렸다. 그러자 잠자코 나를 보고 있던 경찰이 나섰다.

"지훈이를 마지막으로 본 게 언제지?"

딱딱하지도 부드럽지도 않은 목소리였다.

나는 잠시 생각을 더듬었다. 뻔한 것이긴 했지만 혹시라도 말이 잘못 튀어나올까 걱정이 되어서였다.

"작년 구월이요."

내가 말했다.

그래, 그 바보 같은 놈을 마지막으로 본 건 지난해 구월이었다.

경찰이 묘한 표정을 지었다. 짙은 두 눈썹이 위로 올라갔다가 내려왔다.

다시 한 번 심호흡을 했다.

"지훈이한테 무슨 일이……?"

나는 말을 끝맺지 못하고 얼버무렸다. 일부러 그런 게 아니라 나도 모르게 그렇게 되고 말았다.

경찰은 자기 앞의 탁자에 눈길을 놓은 채 가만히 있었고, 그런 그를 선생님이 바라보고 있었다.

경찰이 고개를 돌려 나를 바라보았다.

"지훈이가 집을 나갔대."

평범한 얘기는 아니었다.

아니, 그놈과 관련해서는 엄청나게 놀라운 소식이었다. 믿기지 않았다. 그 마마보이가 가출을 했다니…… 그런데 왜, 나보고 어쩌라고?

나는 놀라움을 숨긴 채 어깨를 으쓱했다.

그 얘기를 듣고 보니 오히려 긴장이 풀렸다. 위축되었던 자신 감도 회복할 수 있었다. 이 낯선 경찰 아저씨와 나는 아무것도 걸리는 게 없었다.

그러자 화가 나기 시작했다. 이렇게 나를 찾아온 경찰도 미웠고, 지난해 구월 한마디 말도 없이 떠나 버린 그 녀석도 미웠고, 녀석을 그런 식으로 떼어 가 버린 녀석의 엄마도 미웠다.

지난 일들이 한꺼번에 뒤죽박죽으로 떠오르고 있었다.

나는 선생님을 보았다. 처음보다 훨씬 부드럽고 편안한 얼굴이 되어 있었다. 혹시 내가 무슨 잘못을 저질렀을까 봐 내심 걱정한 모양이었다.

나는 경찰에게로 시선을 옮기며 물었다.

"그런데 왜 저를 찾아오셨어요?"

"아, 뭐, 별거 아니야."

갑작스런 나의 질문에 경찰은 당황한 것 같았다.

그는 음, 하며 입맛을 다시고 나서 말을 이었다.

"뭐, 그저 도움을 좀 받을 수 있을까 해서지. 중3 때 둘이 아주 친하게 지냈다고 해서 말이야."

글쎄, 우리가 친하게 지냈던가?

"죄송하네요. 아무런 도움도 못 드려서."

나는 약간 미소까지 지으며 말했다. 하지만 그 미소가 내 얼굴에 떠올랐는지는 나도 알 수 없었다.

"메일이나 뭐 그런 걸로 연락도 하지 않았어?"

경찰이 물었다.

"네."

나는 경찰 아저씨가 맥 빠지게 하려고 말이 떨어지기가 무섭게 바로 대답했다.

우리는 메일을 주고받은 적이 없었다. 지난해 구월 하순 어느 날 사라진 뒤에는 녀석의 휴대폰도 없어져 버렸다. 아마 녀석의 엄마가 그렇게 하라고 강요했을 것이다. 녀석은 엄마의 말이라면 죽는 시늉까지도 할 놈이었다.

그런데, 그 눈물 많은 어린아이 같은 녀석이 가출을 했다고?

"제가 어떻게 도와 드리면 될까요?"

나는 다시 의기양양하게 물었다.

이번엔 경찰이 어깨를 으쓱했다.

"뭐, 너도 뾰족한 수가 없겠네. 지난해 구월에 마지막으로 봤고, 그 후엔 메일도 없었다니까. 그렇지?"

경찰 아저씨가 나를 똑바로 바라보았다. 그는 나에 대한 의심을 버리지 못하고 있었다.

"네. 없었어요. 단 한 번도."

나는 힘주어 말했다.

"혹시 전화나……"

"전 휴대폰이 아예 없어요."

나는 그의 말을 잘라 버렸다.

경찰 아저씨의 짙은 눈썹이 벌레처럼 꿈틀거렸다.

묵묵히 앉아서 나와 경찰 아저씨를 번갈아 보고 있던 선생님이 내게서 시선을 거두어 다시 경찰을 바라보았다. 경찰 아저씨는 선생님과 눈이 마주치자 고개를 조금 끄덕여 보였다.

선생님이 다시 나를 바라보았다.

"그래, 이제 가 봐도 되겠다. 고마워."

선생님은 웃으면서 말했다.

나는 의자를 뒤로 빼고 일어섰다.

"저기, 그런데 지훈이가 왜 가출을 한 거예요?"

나를 보고 있던 선생님이 경찰 아저씨를 바라보았고, 경찰 아저씨는 고개를 저었다.

"글쎄, 아직 모르겠구나. 너도 알겠지만 집안도 괜찮고 공부도 잘하는 녀석인데 말이야. 어쨌든, 협조해 줘서 고맙다."

나는 고개를 숙여 인사를 하고 복도로 나왔다.

그날 밤, 잠이 잘 오지 않았다. 딱히 지훈이 때문은 아니었다. 가끔 그럴 때가 있었다. 엄마는 보통 두 시에 귀가했으며, 나는 항상 빈 집에서 혼자 잠이 들었다. 어떤 날은 엄마가 문을 따고 들어오는 소리를 듣고서야 잠이 들었다.

잠을 이루지 못하다 보니 지훈이 생각을 하게 되었다. 나는 녀석이 여러 가지로 힘들어했다는 걸 잘 알고 있었다. 하지만 가출이라니, 그건 내가 알고 있는 지훈이가 할 수 있는 일이 아니었다. 무슨 일이 있었을까 상상해 보려 했지만 내 머리는 밤처럼 깜깜하기만 했다.

다음 날 저녁 무렵, 지훈이가 다시 나를 찾아왔다. 이번엔 또 다른 사람을 통해서였다.

그때 나는 강준영 헬스클럽에 있었는데, 그곳은 나에게 고향이자 엄마 품속이면서 성지 같은 공간이었다.

클럽은 원래 권투 도장이었다. 그렇다고 권투 선수를 키우기 위한 곳은 아니고 권투를 체력 관리와 다이어트에 활용하는 곳이었는데 내가 중학생이 되면서 헬스클럽으로 바뀌었다.

관장님은 중학교 1학년부터 대학 졸업 때까지 권투를 했으며, 공식 경기에 열세 번 출전하여 세 번 이기고 열 번 졌다고 했다. 이긴 것은 모두 판정승이었고, 진 것은 모두 KO패였다.

"불쌍한 선수였지."

언젠가 옛날 애기 끝에 관장님이 웃으며 말했다.

그래도 나는 그 불쌍한 아마추어 복서에게 권투를 배워서 주먹으로는 한 번도 져 본 적이 없는 싸움꾼이 될 수 있었다.

고등학생이 되어서도 나는 일주일에 두세 번은 샌드백을 두드렸다. 그 샌드백은 헬스클럽으로 전환하면서 관장님이 나를 위해 딱 하나만 남겨둔 것이었다.

그놈을 패기 시작하면 처음엔 마음속의 갑갑한 분노가 더 크게 부풀어 올랐다. 그러나 한참 두드리다 보면 어느새 분노는 사라지고 편안하고 기분 좋은 평화가 찾아왔다.

나는 강준영 아저씨를 관장님이라고 불렀다. 그는 나에게 아빠 같은 역할을 하는 분이었다. 하지만 아빠의 목숨을 앗아간 사고로 다리를 저는 장애를 입은 관장님을 엄마가 얼마나 좋아하는지는 알 수 없었다. 엄마는 무슨 일이 있을 때마다 관장님을 부려먹기만 했다.

　그날, 관장님과 함께 세면실 대청소를 하고 샌드백을 삼십 분
쯤 신나게 두드린 뒤 막 샤워를 하려 할 때였다. 남성 전용 샤워
실 쪽으로 돌아가서 흠뻑 젖은 러닝셔츠를 벗으려고 하는데 관장
님이 부르는 소리가 들려왔다.
　"야, 김현태."
　"네?"
　"잠깐 와 봐."
　나는 벌써 엄마가 왔나, 하고 생각했다. 오랜만에 셋이서 저녁
을 먹기로 약속이 되어 있었던 것이다. 하지만 엄마가 그렇게 일
찍 왔을 리가 없었다. 또 엄마가 왔다고 해도 관장님이 굳이 나를
부를 이유는 없었다. 뭔가 뜻밖의 일이 생겼을 것 같은 예감이 들
었다.
　나는 걷어 올린 젖은 옷을 다시 내리고 칸막이를 돌아서 나갔
다. 나보다 먼저 샤워를 하고 이미 깨끗한 셔츠와 바지로 갈아입
은 관장님이 바로 앞에서 기다리고 있었다.
　"뭐예요?"
　"누가 찾아오셨어."
　"누가요?"

관장님이 눈짓하는 곳으로 따라가 보니 헬스클럽 입구 바로 옆 사무실 유리창 너머로 어떤 여자가 보였다.

"누구예요?"

"모르겠어. 언제 한번 본 사람 같긴 한데. 하여간 너하고 얘기를 좀 하고 싶다고 하시네. 무슨 일 있어?"

그때 머릿속에 반짝 불이 켜지며 심장이 쿵덕쿵덕 뛰기 시작했다. 그러면서 엄청나게 화가 치솟았다. 나를 찾아온 여자는 분명 지훈이 엄마였다. 지훈이 엄마는 작년 가을에도 나를 찾아왔었다. 그때는 학교로 왔는데, 담임이 불러서 가 보니 우리 엄마까지 불려와 있었다.

관장님이 내 얼굴을 살피며 물었다.

"아는 사람이야? 친구 엄마일 것 같은데."

"나한테 친구가 있나요, 뭐."

"나 있잖아, 자식아."

관장님이 웃으며 말했지만 굳은 내 얼굴은 펴지지 않았다.

"하여간, 아는 사람이야? 누구야?"

"그 재수 없는 새끼 있잖아요. 그 애 엄마예요."

"재수 없는 새끼라니 그게 누구야?"

"작년에 왜 그……"

나는 말을 멈췄다. 설명하기가 귀찮았다.

"하여간 그런 놈 있어요. 관장님도 보면 알 거예요."

"그래? 그런데 왜?"

"그놈이 가출했나 봐요."

관장님의 가느다랗게 찢어진 눈이 다이아몬드 꼴이 되었다.

"친하게 지내는 애야?"

나는 고개를 저었다.

"작년 구월 이후로 본 적도, 연락한 적도 없어요. 단 한 번도."

"그런데 왜 너를 찾아와?"

"그러게 말이에요. 학교로 경찰도 찾아왔어요."

"뭐? 경찰이?"

관장님의 가느다란 눈이 다시 더 큰 다이아몬드가 되었다.

"예. 제가 그 바보 같은 놈을 꼬드겨서 가출하게 만들기라도 했다고 생각했나 봐요."

나는 말끝에 욕을 했다.

"화내지 말고 사실대로 차분하게 얘기해."

관장님이 내 어깨를 토닥여 주었다.

사무실로 들어서며 인사를 하자 생각에 잠겨 있던 지훈이 엄마가 소파에서 일어섰다.

"오랜만이구나. 그새 많이 컸네."

나는 지훈이 엄마의 맞은편 소파에 앉았다.

"뭐 마실 거라도 좀 드릴까요?"

관장님이 내 뒤에 와서 서며 말했다.

"아니에요, 괜찮습니다."

지훈이 엄마는 무릎 위에 모은 두 손으로 손수건을 매만지며
말을 이었다.

"죄송합니다, 폐를 끼쳐서."

"폐라뇨, 괜찮으니 편하게 얘기 나누세요."

나는 청색이 감도는 옅은 회색 투피스를 입고 화장도 깔끔하게
한 지훈이 엄마를 바라보았다. 누구나 호감을 가질 만한 잘생기
고 교양 있어 보이는 아줌마였다.

"그런데 왜 저를 찾아오셨어요?"

내 목소리는 내가 듣기에도 딱딱했다.

지훈이 엄마는 내 눈길을 피하며 가만히 있었다.

"학교로 경찰 아저씨가 찾아왔어요."

"그래, 미안하구나."

"미안하실 건 없고요. 좀 놀랐어요. 그 겁쟁이가…… 아, 죄송
해요."

지훈이 엄마가 나를 바라보았다. 미소를 지으려고 애쓰고 있었다.

"괜찮아. 그 애는 겁쟁이 맞아."

순간, 나를 바라보는 부드러운 눈길에도 불구하고 반감이 일어났다.

아줌마가 지훈이를 겁쟁이로 만들었잖아요!

나는 그렇게 말해 주고 싶었다.

"조그만 단서라도 좋으니까 녀석이 가 있을 만한 곳이나 뭐 그런 걸 가르쳐 줄 수 없겠니?"

지훈이 엄마가 조심스럽게 말했다. 그러면서 계속 무릎 위에 모은 두 손으로 손수건을 매만지고 있었다. 초조해서 자신도 모르게 그러는 것 같았다.

"없어요. 모르겠어요."

"혹시라도……"

나는 말을 잘라 버렸다.

"없어요. 없을 수밖에요. 말 한마디 없이 떠났잖아요. 아시면서 그래요? 그러고는 한 번도 연락이 없었는데 걔가 어떤 애들이랑 어울리는지 어디엘 잘 가는지 제가 어떻게 알겠어요?"

내 목소리가 점점 커지자 관장님이 내 어깨에 손을 올려놓았다.

나는 가슴을 한껏 부풀리며 공기를 들이마셨다.

"그런데 언제 집을 나갔어요?"

눈길을 내린 채 잠자코 있던 지훈이 엄마가 고개를 들었다.

"요 얼마 전 비가 오기 시작한 날이니까……"

교실 창가에서 빗물에 촉촉이 젖고 있는 텅 빈 운동장을 내려 다보았던 일이 생각났다. 그때 누군가 나를 찾아올 것 같은 이상한 느낌이 들었는데……

"집 나간 지 닷새째야. 그동안 도대체 어디서 어떻게 지내는 지……"

나는 알 수 없는 아득한 느낌에 사로잡혔다.

눈물이 나는지 지훈이 엄마가 손수건으로 코를 닦았다. 그러나 눈에는 눈물이 보이지 않았다. 속으로 삼키면 눈물이 코로 나오는 것일까?

뜬금없이, 드레스를 입고 무대에서 노래를 부르는 성악가들이 떠올랐다. 지훈이 엄마도 그런 옷을 입고 무대에 서면 멋있을 것이다.

지훈이는 자기 엄마가 성악을 전공했으며 대학 시절엔 꽤 잘나갔다고 했다. 그러나 결혼을 한 뒤엔 집안 살림만 했는데, 지훈이 아빠가 지훈이 엄마의 사회 활동을 원하지 않기 때문이라고 했다.

혼란스럽고 피곤했다. 한편으로는 지훈이 엄마가 안돼 보이면서도 다른 한편으로는 화가 치밀었다.

그건 작년에 지훈이와 가까이 지내면서 자주 느꼈던 감정이며, 카페 '목련'의 주인 마담인 우리 엄마가 내 마음에 만들어 내는 감정 중에서 내가 가장 싫어하는 것이었다.

그건 연민과 분노의 이중주였다.

나는 세 번 연달아 심호흡을 했다.

그때 관장님의 손이 다시 내 어깨 위로 왔다. 이번엔 어깨를 만진 뒤 치우지 않고 그대로 가만히 있었다.

나는 어서 마무리하고 끝내자고 생각했다.

"그런데 지훈이는 어느 고등학교에 다녀요? 과학고엔 들어갔어요?"

지훈이가 다니고 있는 학교 애들한테 도움을 구하는 게 가장 좋을 것 같다는 생각에서 한 말이었다.

경찰이 우리 학교까지 찾아온 걸 보면 이미 그런 과정을 거쳤을 것 같기도 했지만, 나는 내가 할 수 있는 얘기를 빨리 다 하고 어서 이 상황에서 벗어나고 싶었다.

지훈이 엄마의 얼굴에 긴장이 어렸다. 나와 잠깐 마주친 눈동자가 빠르게 이쪽저쪽을 찾아다녔다.

뭐지?

나는 곧 알아차렸다.

가르쳐 줄 수 없다는 것이다.

그렇다면 차라리 잘됐다. 좋거나 싫거나, 한 가지 감정만 가지게 되면 마음은 오히려 편해진다. 나한테 도움을 청하면서도 그 바보가 어느 학교에 다니는지 가르쳐 주지 않겠다니까, 나는 불쌍해할 필요 없이 그저 화만 내면 되는 것이다.

"뭐, 안 가르쳐 주셔도 돼요. 과학고든 아니든 공부 잘하는 애들만 모여 있는 학교에 다닐 테죠."

내가 말하자 지훈이 엄마가 황급히 입을 열었다.

"그게 아니야."

"아니라뇨?"

지훈이 엄마는 잠깐 주저하더니 말했다.

"학교 애들은 지훈이가 집 나간 걸 아직 몰라."

"네?"

"선생님이 그렇게 하자고 해서 아직 비밀로 하고 있어. 곧 다시 학교에 갈 거니까 그때를 생각하면 본인한테도 애들한테도 좋을 게 없다고. 그래서 그런 거니까 이해해 줘."

그래도 달라질 건 없었다. 그 선생님이나 지훈이 엄마나 똑같았다.

"곧 다시 학교에 갈지 어떻게 아세요?"

내가 말하자 지훈이 엄마의 얼굴이 창백해졌다.

관장님이 내 어깨를 꽉 잡았다 놓았다.

"곧 나타날 거야, 곧."

지훈이 엄마가 기도라도 하듯이 말했다.

"그럼요. 아마 그럴 겁니다. 너무 걱정하지 마세요."

한마디 할 때라고 생각한 관장님이 끼어들었다.

"수첩에 네 이름을 써 놓았어."

뭔가 주저하던 지훈이 엄마가 조금 뒤 나를 바라보며 말했다.

나는 그 말이 무슨 뜻인지 바로 알아듣지 못했다.

"수첩이요?"

"그 애 수첩 말이야."

"그런데요?"

"거기에 너를 보고 싶다고 써 놓았다고."

"예? 도대체 무슨 얘기예요?"

"지훈이가 수첩에……"

"잠깐만요!"

무슨 소리인지 알아차린 나는 또 말을 잘라 버렸다. 그리고 크게 숨을 쉰 뒤에 말을 이었다.

"그러니까, 제가 보고 싶다고요? 그 애가 수첩에 그렇게 써 놨다고요?"

"그래."

"헐, 토하겠네!"

관장님의 억센 손이 내 어깨를 꽉 잡았다. 그리고 다른 손으로 마치 밀가루 반죽을 주무르듯이 내 목덜미를 주물렀다. 그건 내가 폭발 일보직전에 있을 때 쓰는 처방이었다.

하지만 상황이 상황인 만큼 관장님의 약은 힘을 쓰지 못했다.

나는 흥분하여 목소리를 높이고 말았다.

"남들이 들으면 우리 둘이 무슨 연애라도 한 줄 알겠어요."

지훈이 엄마가 애원하는 얼굴로 한 손을 내밀었다. 계속 비비고 있던 손수건은 다른 손에 꼭 쥐고 있었다.

"그게 아니야. 내 말은 그런 뜻이 아니고……"

"보고 싶은 건 늘 있는 일 아니에요? 아줌마는 그렇지 않아요? 보고 싶은 사람 없어요? 어린 시절 친구나 선생님이 보고 싶을 때도 있잖아요. 저는 기분이 더러우면 그렇던데요?"

"그렇게 비아냥대지 말고 좀…… 나 힘들어. 그 애 빨리 못 찾으면 죽을 것 같아."

용암처럼 화가 치밀어 올라 참을 수 없게 되었다.

나는 벌떡 일어서며 소리쳤다.

"그만두세요. 왜 절 괴롭히는 거죠? 말해 줄까요? 그 마마보이 새끼, 난 그놈한테 별 관심 없었어요. 그 애가 자꾸 나를 따랐을 뿐이에요. 작년 가을에도 얘기했잖아요. 녀석이 힘들고 외로워 보여서 그냥 같이 놀아 줬을 뿐이에요. 녀석은 자신이 우울증 환자라고 했어요, 알아요? 걘 아마 틀림없이 학교도 집도 견딜 수 없어서 도망친 걸 거예요. 그런데 왜 저한테 왔어요, 왜? 그 애 하나 괴롭히는 걸로는 부족한가 보죠?"

그때 하늘에서 떨어진 것처럼 손바닥 하나가 나타나 나의 따귀를 때렸다.

눈앞에 번쩍 피어오르는 불꽃 사이로 물 날린 진스커트에 검은색 셔츠를 입고, 빨간 하이힐을 신은 엄마와, 깜짝 놀라서 일어서는 지훈이 엄마가 보였다.

지훈이 엄마는 어쩔 줄 몰라 하더니 허리를 깊이 숙이며 엄마에게 인사를 했다.

"죄송합니다. 안녕하세요."

수치스러워하는 듯한 표정이었다.

엄마는 아무런 대꾸도 하지 않았고, 고개를 숙이지도 않았다.

엄마는 눈을 부라리고서 추궁했다.

"내가 묻는 말에 똑바로 대답해."

나는 잠자코 있었다.

"왜 대답 안 해?"

"물어야 대답을 하지."

엄마는 어느 대목에선가 와서 지켜본 모양이었다.

"좋아. 마지막으로 본 게 언제야?"

"어제 경찰 아저씨랑 담임선생님 앞에서 다 얘기했어요."

"내가 묻잖아. 다시 해 봐."

"한 번도 본 적 없어요. 연락도 없었어요. 소문도 들은 게 없어요. 됐어요?"

"틀림없지? 거짓말이면……"

"죽을 줄 알라고요?"

"이 녀석이!"

엄마의 손이 다시 허공으로 올라갔다. 약간 걷어 올린 까만 소매 끝에 튀어나와 있는 엄마의 손과 손목은 눈처럼 희었다.

관장님이 기우뚱하며 민첩한 동작으로 훌쩍 다가와 엄마의 팔을 잡았다. 관장님은 다이아몬드 눈을 만들어 엄마를 바라보았다.

엄마는 팔을 내리며 한숨을 내쉬었다. 그런 다음 지훈이 엄마를 향해 불쑥 내뱉었다.

"들었죠? 이제 됐죠? 길게 얘기하지 않겠어요. 이렇게 함부로 애 찾아오고 그러지 마세요. 무슨 문제가 있으면 먼저 나한테 얘기를 하셔야죠. 정말 불쾌하네요. 이제 그만 가세요. 어서요."

"죄송합니다."

울상이 된 지훈이 엄마는 우리 엄마의 눈길을 피하려는 듯 고개를 숙이며 말했다.

"알았으니 어서 여기서 나가세요."

지훈이 엄마는 아무도 제대로 쳐다보지 못했다. 핸드백을 들고

쫓겨나듯이 사무실을 나서며 휘청거렸다.

　나는 탈의실을 향해 뛰기 시작했다.
　"애, 어디 가니?"
　엄마가 소리쳤다.
　나는 무시하고 내처 달려갔다. 그리고 땀으로 젖은 러닝셔츠 위에 티셔츠를 걸치고 반바지를 청바지로 갈아입었다.
　엄마와 관장님은 사무실 소파에 앉아 있었다. 출입문 손잡이를 잡는데 엄마가 외쳤다.
　"어디 가는 거니?"
　그 말과 함께 관장님이 절뚝거리며 몇 걸음 뛰어왔다.
　"밥 먹어야지."
　나는 문을 밀치며 말했다.
　"두 분이 드세요."
　"어디 갈 건데?"
　"그냥 바람 좀 쐬고 싶어요."
　"그래, 알았다."
　관장님은 무슨 일이건 내가 싫다고 할 경우 억지로 요구하지 않았다. 난 그런 점을 좋아했다.
　언젠가 엄마와 그 문제로 옥신각신한 적이 있었는데 엄마는 이렇게 말했다.

"네 아빠가 살아 있으면 나보다 더 간섭하고 참견할지도 몰라. 무슨 소린지 알기나 하니?"

내 아빠가 아니기 때문에 관장님이 내게 관대할 수 있다는 소리였다.

나는 빽 소리를 질렀다.

"아빠 얘기는 하지 마세요. 눈곱만큼도 기억이 없으니까."

눈곱이 아니라 모래알 한 알만큼의 기억도 없었다.

나에게 아빠는 아무것도 기억나지 않는, 그러나 이상한 느낌은 가득한 간밤의 꿈과 같은 그런 것이었다.

나는 지훈이 엄마가 건물 앞에 있을까 봐 계단에 한참 서 있었다. 그러면서 어쩔 수 없이 그 녀석을 생각하게 되었다.

그 바보 같은 놈은 도대체 무슨 생각으로 가출을 했을까?

이젠 정말 그 녀석이 걱정되기도 했다. 일 년 사이에 완전히 확 바뀌어 버릴 수 있는 게 인간이긴 하지만, 그 녀석이 그렇게 되었을 가능성은 도무지 생각할 수 없었다. 그 애의 환경이 전혀 바뀌지 않았는데 그 녀석이 바뀔 리는 없었다.

혹시 지금쯤 못된 놈들한테 잡혀서 고생하고 있는 건 아닐까?

그런 생각이 들자 즉시 그놈이 미워졌다.

나를 조금이라도 생각했다면 최소한 한 번쯤은 연락을 해 줬을 텐데. 더구나 가출 같은 걸 하게 될 정도로 급박한 상황이라면 말이다. 자기 입으로 자신은 단 한 명의 친구도 없으며, 어쩌면 내가 자기 인생 최초의 친구인지도 모른다고 말했으면서…….

° **여행**의 시작

야, 김지훈.

솔직히 말해서 난 네가 싫었어. 지나치게 하얀 얼굴도 싫었고, 걸핏하면 눈물을 보이는 것도 싫었고, 네 엄마 말이라면 꼼짝도 못하는 것도 싫었어.

어쩌면 난 너를 미워했다고 말할 수도 있어.

그래, 분명히 그랬어.

그런데도 내가 왜 너에게 계속 관심을 갖게 됐을까?

그게 인생이라고 해, 우리 엄마 주장에 따르면.

"까닭 없이 누군가를 마음에 담게 되는 게 사람이야. 그러고 나면 우연한 여행처럼 생각지도 못했던 일들이 줄줄 이어지게 되는데 그게 바로 인생이지."

어릴 적부터 엄마가 내게 자주 한 말이야.

"나를 봐. 내가 왜 하필이면 그 남자를 좋아하게 됐는지 나도 몰라. 하지만 그 때문에 지금까지 흘러오지 않았니?"

우리 엄마는 내 아빠를 '그 남자'라고 해.

그러니까 엄마는 다른 많은 남자들을 놔두고 엄마 말대로 하필이면 그 남자와 결혼하여 나를 낳았어. 그러자 그 남자가 하필이면 엄마가 내 동생을 임신하고 있을 때 돌아가시는 바람에 그 충격으로 유산을 하고, 장차 말썽꾸러기가 될 아들 하나를 둔 젊은 과부가 되고 말았지.

내가 처음 네 눈에 띈 게 언제였는지 모르겠지만, 네가 내 눈에 띈 건 3학년 1학기 반장 선거 때가 처음이었어. 미안한 말이지만 난 너 같은 애가 우리 학교에 있는 줄도 몰랐어.

내가 반장 선거에 관심이 있었던 건 아니야. 나를 만나면서 너도 알게 되었겠지만, 난 그런 것에는 조금도 관심이 없었어. 난 오로지 나 자신에게만 관심이 있었지. 내가 나의 유일한 연구 대상이었다고.

그래도 선택받은 너희가 무슨 소리를 하는지는 들어 보았지.

역시, 이러쿵저러쿵 말도 안 되는 소리만 늘어놓더군.

기억하지? 한 녀석이 급식을 호텔 식당 수준으로 끌어올리는 방법을 연구해 보겠다고 한 거. 그러자 서너 명의 아이들만 웃었는데, 네가 알았는지 모르겠지만 실은 그때 제일 크게 웃은 게 바로 나였어.

지훈이 넌 일곱 명 중 마지막으로 나섰지. 하지만 난 네가 교단에 올라서서 몸을 돌린 순간 고개를 숙여 버렸어. 왜냐하면 더 이상 보고 싶지 않았으니까.

그런데 웬만한 여자애들보다도 더 하얗고 고운 얼굴을 가진 네가 반장을 하고 싶지 않으니까 찍지 말라고 하더구나.

"정말이야. 솔직히 말해서 난 사퇴하고 싶어."

난 숙였던 고개를 다시 들고 너를 바라보았어.

웃기는 새끼 아냐, 하는 마음이었지.

그런데 어쩐지 몹시 슬퍼 보이는 너의 표정을 보고는 뭐야, 좀 이상한데, 하는 마음으로 바뀌었어. 괜히 멋을 부리느라고 그런 게 아닐까 의심이 되기도 했지만 그 표정만은 진짜로 보였으니까.

난 네가 뭔가 근사한 한마디를 더 해 줬으면, 하고 기다렸어.

하지만 넌 그 말만 하고는 입을 다물었지.

바보 같은 놈. 그게 뭐야? 주먹으로 교탁이라도 탁 쳤어야지. 난 하기 싫으니까 억지로 시키지 마, 하고 소리쳤어야지.

"야, 김지훈!"

네가 슬그머니 교단에서 내려오려고 하자 기다렸다는 듯 담임이 나섰어.

담임은 얼굴 가득 미소를 짓고 있었지만 넌 담임의 말이 떨어지기가 무섭게 움찔하며 얼굴을 일그러뜨리더니 다른 애들보다 한참 뒤늦게, 창가에 서 있는 담임 쪽으로 느릿느릿 고개를 돌렸어.

그 순간, 난 네가 어떤 애인지 감을 잡았지.

약한 놈!

네가 고개를 완전히 돌리자 담임선생님이 말했어.

"사퇴할 권리는 없어. 일단 다른 사람의 추천을 받게 되면 반장에 뽑히느냐 떨어지느냐 그 권리밖에 없어. 알겠어?"

담임은 여전히 미소를 짓고 있었고, 넌 다 죽어 가는 목소리로 대답했어.

"네."

뭐, 그뿐이었지. 넌 순식간에 의지를 꺾어 버렸어.

넌 아이들이 추천을 해도 본인이 원하지 않으면 하지 않을 수 있어야 한다고 말하고 싶었겠지?

하지만 넌 하지 못했어.

어느 쪽이었느냐 하면, 그래, 난 좀 어리둥절했고, 뭔가 속은 듯하여 기분이 나빠졌어. 한순간에 뜻을 접을 거였으면 애초에 왜 그런 소리를 했는지 도무지 이해가 되지 않았으니까.

"자, 각자 소신에 따라서 투표하도록."

이해할 수 없는 네가 도망치듯 자리로 돌아가는 걸 지켜보던 담임이 쾌활한 목소리로 말했어.

그리고 투표 진행을 맡은 아이들이 투표 용지를 나눠 주었고, 네가 짐작한 것처럼 난 소신에 따라서 담임 이름을 써냈어. 무슨 일이건 결국 담임이 최종 결정을 내리게 되니까 담임이 반장을 겸하는 게 옳다고 생각한 거지.

접힌 종이를 하나씩 펼치고 이름을 부르고 칠판에 표시를 하는 개표가 기계처럼 이어지자 30초 만에 졸음이 몰려오더구나. 그래서 연달아 하품을 하며 찔끔찔끔 눈물을 흘리고 있는데 마침내 접힌 종이를 펼치던 녀석이 웃음을 터뜨리려다 참는 게 눈에 들어오더구나.

난 정신을 차리고 바라보았지. 무슨 일이 벌어질까 궁금해하면서.

"무효!"

녀석이 즐겁다는 듯이 말하자 개표를 진행하던 다른 아이들도 차례로 들여다보고는 차례로 웃음을 터뜨렸어.

"왜 그래? 이리 줘 봐."

역시, 내가 지지한 반장 후보가 나섰어.

한 아이가 담임에게 종이를 넘길 때 난 담임이 자기 이름을 써 낸 아이를 찾아내려고 하면 순순히 자수를 할까 말까 갈등하고 있었어.

그런데 종이를 들여다본 담임은 뜻밖에도 하하하 웃더니 궁금 해하는 아이들을 위해 큰 소리로 읽어 주더구나.

"김진수!"

쳇, 담임이 나보다 한 수 위였던 거야. 괜히 찾아내려고 하다가 실패하면 자신만 더 곤란해질 테니 맘 좋게 웃어넘긴 거지.

그렇게 담임은 모든 아이들이 한바탕 와르르 웃게 해 준 뒤 웃 음이 잦아들자 말했어.

"또 이런 짓 하면 안 된다."

그 주 토요일.

반장에 뽑힌 네가 먼저 반장 턱을 냈어. 물론 실제로는 네 엄마 가 낸 것으로 고급 피자 한 조각과 캔 콜라 하나씩이었지.

뭐, 냄새가 참 근사하더구나. 나도 모르게 두 번씩이나 침을 꼴 깍 삼켰을 정도로.

하지만 난 그걸 먹을 생각이 없었어. 난 당선에 대한 보답으로 베푸는 그 '향응'이 싫었어. 게다가 난 지훈이 너를 찍지도 않았어. 난 어디까지나 김진수를 찍었단 말이야.

사방에서 아이들이 캔을 따는 픽픽 소리가 들려올 때 난 너를 불렀어.

"야, 김지훈!"

돌아보는 너에게 내가 손짓하자 넌 내 자리로 왔어. 그리고 내 책상에 놓여 있는 피자와 콜라를 가리키자 넌 어리둥절한 얼굴로 나를 바라보았지.

"이거 가져가. 난 먹기 싫으니까 너나 많이 먹어."

"왜 그래?"

넌 잠시 가만히 있더니 가느다란 목소리로 말했어.

"너나 많이 먹고 힘내라고, 자식아."

내 말에 몇 명의 아이들이 킥킥댔어. 그 소리 뒤에 숨어서 어떤 애가 흥, 하고 콧방귀를 뀌었고. 웃기지 말라는 소리였지.

화가 치밀어 재빨리 뒤돌아보았지만 누군지는 알 수 없었어.

그러는 동안 넌 계속 엉거주춤 서 있었어. 화가 난 것 같기도 하고 곧 울 것 같기도 한 얼굴을 하고서.

"어서 가져가라니까."

내가 다시 말하자 그때 뒤에서 또 누군가가 나를 자극했어.

"야, 반장, 그거 나 줘. 배가 부른가 봐."

배가 부른가 보다는 말이 주먹처럼 나를 치더군. 난 배가 부른 게 아니라 배가 무지 고팠으니까. 또, 내 배가 고프고 부르고를 떠나서 난 반장의 엄마가 주문하고 어떤 아저씨가 배달해 준 그 피자와 콜라를 먹고 싶지 않았으니까.

잽싸게 돌아보니 오른쪽 뒷자리에서, 제법 덩치가 있지만 한눈에 물렁살로 보이는 어떤 녀석이 실실 웃고 있더군.

난 일어서며 조용히 말했어.

"너 뭐야, 이 새끼야!"

그리고 그 녀석에게 가려고 하는데 네가 뭐라고 중얼거렸지. 그 잠시 사이에 두 눈이 눈물로 그렁그렁해진 채로.

난 멈칫했어. 무슨 영문인지 알 수가 없었으니까.

난 멍하니 딴 곳을 쳐다보고 있는 너를 외면하고 일단 물개 같은 그놈에게 갔어. 그리고 벌써 겁먹은 얼굴을 하고 있는 그놈에게 말했어.

"너 뭐냐니까?"

"내가 뭐."

"나보고 뭐라고 했잖아, 자식아."

"그냥, 그냥 한 말이야."

난 그 녀석을 복도로 끌고 나가려고 하다가 녀석이 너무 무거워 보여서 그냥 일어서게 한 다음 밀쳐서 엉덩방아를 찧게 하는 것으로 그쳤어.

그런 경우 항상 그렇듯이, 아무도 나서지 않았지. 모두들 못 본 척했어. 어쩌면 내 책상에 붙박인 듯 서 있던 너만 빼고.

네 모습은 불쌍해 보이면서 동시에 몹시 불쾌하기도 한 그런 모습이었어. 솔직히 말해서 난 그런 너를 두드려 패 주고 싶었어.

"왜 이러고 있어? 네 자리로 가."

짜증이 난 내가 말하자 넌 마치 내 명령을 기다리고 있었던 것처럼 슬그머니 돌아섰어.

"야! 이거 가져가야지, 새끼야!"

내가 참지 못하고 소리치자 넌 흠칫 놀라더니 다시 슬며시 돌아서서 꽃무늬 기름종이로 예쁘게 포장한 피자 조각과 캔 콜라를 들고 네 자리로 갔어. 그리고 종이 상자에 그걸 넣고는 쓰러지듯 책상에 엎드렸지. 그동안 거의 대부분의 아이들이 피자 조각과 콜라를 다 먹어치웠고.

난 교무실로 불려 가서 내가 지지한 반장 후보에게 야단을 맞았어. 난 혹시 네가 일러바친 게 아닐까 의심했지만 그냥 관심을 끊는 것으로 끝내기로 했어.

그것으로 잠깐 내 눈에 띈 너에 대한 내 호기심은 문을 닫았지. 아니, 문을 닫고 열고 뭐 그런 생각조차 하지 않았어.

하지만 역시 나보다 인생 경험이 많은 엄마 말이 맞아. 한번 시작된 여로는 그냥 끝나 버리지 않더구나.

　봄이 완전히 무르익은 어느 일요일 낮, 난 엄마와 함께 나에게
는 점심이지만 엄마에게는 아침인 밥을 먹고 학교 도서관에 가기
위해 집을 나섰어.
　네게 말한 적이 있듯이 난 엄청나게 두꺼운 책들을 좋아했지.
거기에 푹 빠져 있으면 여기 이 세상을 잊어버리고 오랫동안 다
른 세상을 여행하는 기분이 들었기 때문이야.
　그런데 문방구 앞을 지날 때 어떤 놈이 큰 소리로 나를 불렀어.
　"야, 김현태!"
　돌아보니 뜻밖에도 너더구나.
　넌 교실에서와는 달리 제법 씩씩해서 나를 당황하게 했지. 게
다가 넌 진심으로 반가워하는 표정을 하고 있었어.
　네 엄마가 준 피자와 콜라가 생각나면서 좀 무안해진 나는 나
도 모르게 너의 환한 얼굴에 전염되어 함께 환하게 웃어 주었어.
그러고는 곧 그 사실을 깨닫고 종이처럼 인상을 구겨 버렸지.
　"왜 소리는 지르고 그래, 자식아! 나 귀머거리 아니야."
　내가 시비조로 말하자 네 얼굴에서 미소가 사라졌어.
　"어, 나도 모르게 그만, 반가워서……."
　넌 우물우물 말했어.

"야, 네가 담임한테 일렀어?"

"담임한테 이르다니, 무슨 소리야?"

"물개 새끼 건드린 거 말이야."

"물개? 아, 홍성욱?"

"걔가 홍성욱이냐? 하여간 네가 그랬어?"

"아니야! 난 몰라!"

넌 불쑥 큰 소리를 냈고, 손가락을 쫙 펼친 손을 마구 흔들며 아니라고 반복했어.

"그럼 내가 피자 안 먹겠다고 한 거는?"

"그것도 아니야!"

넌 또 불쑥 큰 소리를 냈고, 손을 흔들었어.

"정말이야?"

물개가 아니라도 반에 따로 스파이가 있겠지, 하고 난 생각했어.

"그래, 정말이야."

"알았어. 아니면 그만이고. 됐어."

그러자 네 얼굴에 다시 환한 미소가 떠오르더구나. 넌 어린애처럼 도무지 제 속을 감출 줄 모르는 놈이었어.

"그런데 여기서 뭐 하는 거야?"

내가 묻자 넌 두꺼운 연습장을 쥔 손으로 화장품 가게와 보석

가게 사이에 끼어 있는 문방구를 가리켰어.

"응, 이거 사느라고."

"나는 왜 불렀는데?"

그렇게 묻자 네 얼굴에 한층 더 생기가 돌더군.

"너 반장 선거 때 누가 담임 이름 써냈는지 알아?"

엉뚱한 말이어서 난 너를 잠시 바라보았지. 재미있는 얘기를 기다리는 아이처럼 기대에 부푼 표정을 하고 쳐다보는 너를.

"그게 왜 궁금한데?"

"용감하잖아! 신나고!"

넌 흥분한 목소리로 소리쳤어.

"고작 그게 뭐 용감하다고."

"난 너무 통쾌했어."

넌 계속 흥분한 목소리로 말했어. 그리고 기대에 찬 눈빛으로 조심스레 물었어.

"혹시 너 아니니? 애들이 네가 그랬을 거라고 하던데?"

귀찮아질지도 모르겠다는 생각이 들어 눈길을 피하며 다른 데로 말을 돌려 버렸지만 사실 내가 한 게 맞단다.

"애들이라면 물개 같은 멍청이들 말이냐? 너 물개랑 친하냐?"

환하던 네 얼굴이 순식간에 어두워졌어. 그리고 소리도 질렀어.

"아니야! 친하지 않아!"

"아니면 그만이지 왜 자꾸 소리는 지르고 그래, 자식아?"

넌 눈길을 내리깔았어.

"미안해. 나도 모르게……."

그 순간 넌 교실에서 보던 딱 그 모습으로 돌아와 있었어. 그러나 3, 4초 사이에 네 얼굴이 다시 백열전구처럼 환해졌지. 정말이지 넌 표정 변화가 무지 심해서 내가 혼란스러울 정도였어.

"야, 김현태. 저……"

넌 말을 끝맺지 못하고 머뭇거렸어.

"왜? 뭐야?"

"저…… 우리…… 친구 하지 않을래?"

넌 여러 가지로 나를 놀라게 하는 놈이었어. 난 잠시 동안 생각도 감정도 제대로 작동하지 않았어. 친구라는 말이 낯설기만 했으니까. 그러나 그 상태가 오래가지는 않았지.

"나하고 친해 봤자 인생에 도움이 안 될 거야."

내가 시큰둥하게 말하자 네 얼굴은 다시 어둡게 변하더군.

"넌 이미 친구가 많지 않아?"

내가 말을 이었지만 넌 눈을 내리깐 채 가만히 있기만 했어. 그리고 두세 박자 늦게 고개를 저으며 시무룩하게 말했어.

"난 친구 없어. 아무도 없어."

그 말과 함께 네 눈에 물기가 고여 들고 있었어.

그 꼴을 보니 정말 혼란스럽더구나. 측은한 마음이 들면서 화도 났어. 어떤 방에 갇힌 채 작고 좁은 구멍으로만 너를 보고 있는 것 같았으니까.

도대체 뭐야?

이놈은 대체 어떻게 생겨 먹은 놈이야?

난 짜증이 치밀었어. 어떻게 해야 할지 알 수가 없었으니까.

그때 가까운 곳에서 자동차 경적 소리가 났고, 넌 화들짝 놀라며 고개를 들었어. 20미터쯤 앞쪽 길가에 은은한 하늘색에 갈치 비늘 같은 광택이 나는 고급 승용차가 세워져 있었는데, 넌 내게 무슨 말인가 할 것처럼 멈칫대더니 그쪽을 향해서 뛰어가며 외쳤어.

"학교에서 보자."

그리고 차에 올라 창을 내리고는 손을 흔들었지.

하지만 난 고개를 돌려 버렸어. 어쩐지 우롱당한 듯한 기분이 들었기 때문이야.

알고 보니 넌 몇 년 전에 입주한, 우리 동네의 새 아파트 단지에 살고 있더군. 학교에서 좀 떨어져 있어서 버스나 자가용을 타야 하는 곳.

네 아빠는 대기업의 고위직에 있는 분이고, 네 엄마는 성악을 전공한 주부고.

알려고 해서 안 건 아니야. 그런 건 교실에서 애들이 주고받는 말만 주워들어도 다 알 수 있으니까.

네가 전교 삼 등 안에 들며, 과학고에 가려고 한다는 것도 곧 알게 되었어. 한마디로 넌 잘사는 집안의 공부 잘하는 아이였지.

하지만 넌 별로 즐거워 보이지 않았어. 아니, 즐거워 보이지 않을 뿐 아니라 때로는 몹시 울적해 보였어. 그런가 하면 속없는 바보처럼 즐거워할 때도 있었어. 동네 문방구 앞에서 그랬던 것처럼 넌 표정 변화가 몹시 심한 애였어.

그런 너에 대한 내 감정은 두 갈래로 갈라졌지. 하나는 어른들이 잘하는 말로, 배가 불러서 자기가 행복한 줄 모르는 놈이라는 거부감이었고, 다른 하나는 이유는 모르겠지만 정말 불쌍한 놈일 것 같다는 동정심이었어.

애들은 대체로 너에게 잘 대해 주고 너와 가까워지려고 하는 편이더구나.

뭐, 공부를 아주 잘하고 잘사는 집안 애니까. 게다가 성격도 순하고 착하니까, 하고 난 내 속에서 약한 연기처럼 조금씩 피어오르는 질투심을 죽였어.

그런데 얼마 뒤에 난 네가 아이들에게 떡볶이, 어묵, 피자, 치킨 같은 것을 자주 사 준다는 걸 알게 되었어. 너 자신은 별로 먹지 않고 애들이 먹는 것을 마치 엄마처럼 지켜보기만 하다가 먼저 일어나 돈을 낸 뒤 하늘색 갈치 비늘 승용차를 타고 떠난다는 걸.

그 광경을 몇 번 목격하자 너에 대한 반감이 엄청나게 커졌어. 돈을 펑펑 쓰는 것도 꼴사나웠고, 그 돈으로 애들을 묶어서 곁에 두고 있는 것 같아 정말 역겨웠으니까.

네가 떠나고 나면 아이들이 더 즐겁게 까불고 논다는 걸 넌 알고 있었니?

트집을 잡아서 널 제대로 때려 주고 싶더구나. 이 년 전, 어떤 바보 같은 놈의 이를 부러뜨리고 눈두덩을 찢어 놓은 이래로 그런 마음이 든 것은 처음이었어.

°서로의 **거울**이 되어

솔직히 말하지. 그래, 지훈이 너 때문에 내 모습이 더 의식되었어. 내 현실이 어떤지, 우리 집이 어떤 모습인지, 내가 어떤 애인지 더 의식하게 되었다는 뜻이야.

물론 너를 알기 전에도 너를 알고 난 후에도 난 변함없이, 카페를 하는 엄마의 아들이고, 외톨이이며, 끝없이 이어지는 지겨운 일상을 반복하고 있는, 다람쥐 장 속의 다람쥐였지.

난 아침에 집을 나서 학교로 갔고, 오후에 학교에서 집으로 왔어. 내가 학교에서 집으로 돌아올 때 엄마는 집에서 카페로 나갔지. 난 이삼 일에 한 번씩 책을 빌렸고, 순전히 나를 둘러싼 현실을 잊기 위해 책을 읽었고, 책을 돌려주었어.

일주일에 서너 번은 강준영 헬스클럽에서 청소를 했어. 그러면 매달 강준영 관장님이 한 달 용돈을 주었지. 책 읽기도, 공상도 싫은 밤이면 헬스클럽 구석에서 미친 듯이 샌드백을 두드렸어. 두 시간이 넘게 쉬지 않고 두드릴 때도 있었지. 그러면 세상도 나도 다 잊어버릴 수 있었는데, 난 그런 무아지경이 좋았어.

내가 책을 읽거나 샌드백을 두드릴 때, 엄마는 카페 목련에서 사람들에게 술을 팔았어. 취한 아저씨 아줌마들이 소리를 질렀고, 괜히 히죽거렸으며, 때로 카페 앞 화단에 토했는데, 네게도 말했듯이 난 웬만해서는 카페에 가지 않았어. 그곳에 가면 이상하게 화가 났기 때문이야.

그래서 엄마가 많이 섭섭해했지. 하지만 엄마는 일요일만 빼고 월요일, 화요일, 수요일, 목요일, 금요일, 토요일엔 언제나 아침 일찍 일어나서 식탁을 차려 줬어. 따뜻한 밥을 먹고 가라고 말이야.

그렇지만 엄마 자신은 나와 함께 밥을 먹지 않았어. 아니, 입맛이 없어서 못 먹었지. 대신 엄마는 차를 마시며 지긋지긋한 잔소리를 늘어놓곤 했어.

우리 엄마는 예민하고 까다로운 성격이야. 내가 어릴 때도 그랬고, 너를 만나던 그때도 그랬고, 지금도 그래. 언제나 깔끔하게 정리정돈을 하고, 시간 약속에는 칼 같으며, 늘 옳은 소리만 하지. 게다가 그 옳은 소리를 사사건건 나한테 적용하려고 해.

초등학교 4학년 어느 늦은 봄날의 일이야. 엄마와 관장님과 난 한강변에 소풍을 나갔어. 김밥을 먹고 여기저기 기웃거리다 돌아오니 엄마가 돗자리에 누워 눈을 감고 있었어. 무슨 생각에서였던지 난 엄지손톱만 한 들꽃을 꺾어 엄마의 귀에 꽂아 주었어.

그러자 관장님이 웃었고, 그 웃음소리에 엄마가 깨어났지. 엄마는 귀에 꽂힌 꽃을 빼서 확인하고는 손바닥에 올려놓고 감동한 듯하기도 하고 멍한 듯하기도 한 얼굴로 한참 들여다보더니 내게로 눈길을 돌렸어.

"얘!"

"응?"

"저기 말이야, 우리하고는 비교가 안 되게 커다란 외계인이 말이야……."

"외계인이 뭐?"

"우리가 꽃을 예뻐하듯이 사람들이 예쁘다고 머리를 떼어서 가져간다고 생각해 봐."

"머리를 떼?"

"그러면 끔찍하지 않겠니?"

생각해 볼 필요도 없이 정말 끔찍한 소리였지. 하지만 의문이

들더군.

"그런 외계인이 어디 있는데?"

엄마는 약간 당황하는 것 같더니 어색한 미소를 지었어.

"예를 들자면 말이야."

"하필이면 왜 그런 예를 드는데?"

엄마는 한숨을 푹 내쉬고는 살짝 웃었어.

"그러게 말이다."

기분이 상한 나는 일어나서 내키는 대로 걷기 시작했고, 엄마가 큰 소리로 물었어.

"어디 가니?"

"알 거 없어요!"

나는 소리를 지르고 그냥 걸어갔지.

우리 엄마는 그런 사람이야. 아주 젊은 나이에 사랑하던 사람을 잃고 혼자서 나를 키우다 보니 많이 거칠어졌지만, 가끔 이상한 상상을 할 정도로 꽤 많이 섬세한 사람이지.

엄마는 아빠에 대해서 거의 얘기를 해 주지 않았는데, 그것도 아마 엄마의 예민한 성격 때문일 거라고 봐. 아빠 얘기를, 그것도 아빠를 조금도 기억하지 못하는 나를 상대로 하게 되면, 자신이 걷잡을 수 없이 예민해질까 봐 두려운 거야.

나에게 내 아빠 얘기를 해 준 건 관장님이었어. 내가 어떤 바보 같은 놈의 눈두덩을 찢어서 난리가 벌어졌을 때의 일이지.

관장님은 어릴 때부터 아빠와 친구였다고 해. 두 사람은 대전의 한 동네에서 태어나 같은 초등학교와 고등학교를 다녔으며, 대학은 달랐으나 같은 해에 같은 회사에 취직한, 소박한 꿈을 가진 평범한 회사원이었대.

그런데 어느 날 불행이 닥쳤어. 함께 지방으로 출장을 갈 때였는데, 언젠가 화가 난 내가 지훈이 너를 두드려 패고 나서 처음으로 말했듯이, 중앙선을 넘어온 트럭에 차의 옆구리를 받혀 불이 나고 말았어.

관장님은 차에서 빠져나올 수 있었지만 아빠는 구겨진 차체에 몸이 끼어 빠져나올 수 없었어. 관장님은 자기 다리가 부러진 것도 모르고 소리를 지르며 안간힘을 썼지만 아빠가 불에 타서 죽는 걸 막지는 못했지. 불길이 아빠를 덮치는 걸 보고 관장님은 기절하고 말았대.

관장님은 삼 개월간 병원 신세를 지고 육 개월 뒤부터 다시 회사에 나갔으나 절뚝거리는 자신을 보는 사람들의 눈길이 부담스러워 몇 달 후 그만두고 말았다고 해.

그러고는 막일을 하면서 지방을 떠돌았다고 하는데, 꼭 그렇게 말한 것은 아니지만 아빠를 구해 내지 못한 데 대한 죄책감 때문에 방황했던 것 같아.

"엄마도 알아요?"

내가 묻자 관장님이 나를 바라보았어.

"아빠가 어떻게 돌아가셨는지 엄마도 아느냐고요."

내가 다시 묻자 관장님은 눈길을 거두며 말했어.

"응. 한참 지난 뒤의 일인데 그날 있었던 일을 하나도 빠뜨리지 말고 다 얘기해 달라고 하더구나. 그 친구를 떠나보낸 게 믿을 수 없고 억울해서 그랬을 거야. 더 이상 함께할 수 없으니까 그 친구에 대한 것이면 무엇이나 다 기억에 새겨 두고 싶었던 거겠지. 더구나 그날은 마지막 날이었으니까."

관장님은 한숨을 쉬고 덧붙였어.

"하지만 사고가 났을 때의 얘기는 하지 말 걸 그랬어."

"왜요?"

"생각이 날 때마다 오히려 더 괴롭지 않을까……."

어쩌면 그랬을 거야, 아마.

사실 엄마는 악몽을 꿀 때가 있었어. 아직 내가 엄마와 함께 잘 때였는데, 이따금 괴로워하는 소리에 어슴푸레 잠이 깨면 엄마가 나를 꼭 끌어안곤 했어.

몇 번인가 왜 그러느냐고 물었더니 엄마는 나쁜 꿈을 꾸었다고 했는데, 관장님한테서 아빠 얘기를 듣고서야 난 그 나쁜 꿈이 아빠와 관련된 것일 거라고 생각했지.

하지만 난 관장님의 얘기를 듣고도 악몽을 꾸지 않았어. 그 생각을 자주 하긴 했지.

아빠는 얼마나 괴로웠을까?

난 스스로에게 자주 물어보곤 했어.

하지만 아무것도 구체적으로 느낄 수는 없더구나. 아빠가 그때 무슨 생각을 했는지도 상상할 수 없었어. 많은 것들이 궁금했지만 내가 알 수 있는 것은 아무것도 없었지.

관장님은 엄마를 많이 도와주었어. 마치 내 아빠인 것처럼.

지금도 그래. 엄마를 좋아하는 것 같기도 해. 나보다 더 엄마 걱정을 하는 걸 보면. 엄마가 너무 자주 술을 마시는 걸 두고 옥신각신할 때도 있는데, 그럴 때면 여느 집의 엄마 아빠가 싸우는 모습과 꼭 같지.

지훈이 너를 알게 된 그 봄에, 난 엄마의 인생이 회색빛이라고 생각하고 있었어.

관장님의 인생도 회색빛이라고 생각했지.

하지만 아빠의 인생은 오래전에 이미 암흑이었어.

난 그게 슬펐고 화가 났어.

난 내 인생도 회색빛이라고 생각했으며, 그렇게 생각할 수밖에 없다는 것이 슬펐고 화가 났어.

그런데 얼굴이 하얀 네가 그런 회색빛 속으로 자꾸만 기어들어오려 하고 있었던 거야.

난 한동안 너의 관심을 무시했어.

말을 걸어도 대꾸를 해 주지 않았지.

너 같은 애는 오래전에 암흑이 되어 버린 아빠를 둔 나 같은 회색빛 애를 이해할 수 없을 거라고 생각했으니까.

그날 기억하니?

점심을 먹고 예체능실에서 지점토 공작을 했던 날. 난 별 생각 없이 불끈 쥔 주먹을 만들었는데 그걸 보고 우리 또래의 딸이 있다는 미술 선생이 웃음을 터뜨렸잖아.

난 주먹을 나무판 위에 고정시켰지. 그리고 뒤늦게 교실로 갔어. 원래는 예체능실에 다 마를 때까지 두게 되어 있었지만 어쩐지 마음에 들어서 집에 가져가려고 했던 거야. 그런데 마침 앞문으로 나오던 너와 부딪혔어.

순식간의 일이었지. 나무판에서 미끄러진 주먹이 바닥으로 떨어지더니 형편없이 찌그러져 버렸고, 아이들이 킬킬 웃었어.

"누구야?"

난 화가 치밀어 소리를 질렀어. 그리고 고개를 들었더니 네가 원숭이처럼 허리를 약간 굽히고 두 손을 축 늘어뜨린 채 어쩔 줄 몰라 하고 있더구나.

"야, 너, 이거 어떡할 거야?"

난 다시 한 번 더 소리를 질렀어.

넌 입이 얼어붙어서 아무 말도 하지 못하고 멈칫대더니 핏기가 싹 가신 얼굴로 찌그러진 주먹을 주워들고는 더듬거렸어.

"미, 미안해. 어, 어쩌지?"

난 쩔쩔매는 네가 불쌍했고, 내 속에 그런 감정이 일어난 게 싫어서 더 거칠게 나갔어.

"어휴 시발. 재수가 없으려니까 정말. 야, 이 새끼야. 뭐 하는 거야?"

너의 눈두덩이 벌겋게 변해 가더니 역시 두 눈에 물기가 차오르기 시작하더구나.

순간적으로 혼란스러워진 난 구경하는 아이들이 그런 네 꼴을 보지 못하게 소리를 질렀어.

"야, 다들 꺼져! 뭐 구경났다고 지랄들이야! 저리 꺼져!"

아이들이 흩어지는 걸 보고 난 네가 엉거주춤 들고 있던 뭉개진 주먹을 빼앗으며 불쑥 네 얼굴 가까이 다가갔어. 귀엣말을 하려고 그랬는데 넌 놀라서 흠칫 피했지.

난 다시 조심스레 다가가서 말했어.

"학교 끝나고 좀 보자."

네가 의심스러워하면서도 고개를 끄덕이기에 난 다시 말했어.

"쥐새끼들 붙여서 끌고 오지 말고 너 혼자. 알았지?"

넌 다시 고개를 끄덕였는데 무서워하는 것 같지는 않았어. 나도 널 괴롭힐 생각은 전혀 없었어. 단지 너라는 놈이 궁금했을 뿐이었어. 왜 나와 친구로 지내고 싶다고 했는지 말이야.

너도 아는 그 시장은 원래는 시장이 아니고 그냥 상가 골목이었는데 자연스럽게 시장이 돼 버린 곳이야. 내가 아주 어렸을 때는 가끔 구청 아저씨들이 나와서 단속을 하곤 했어. 그러면 장사를 하고 있던 사람들이 천막을 걷고 리어카를 끌고 도망쳤는데 구경을 하던 난 그게 무슨 놀이인 줄 알았지.

난 시장이 좋더라. 무슨 이유인지 시장 골목으로 들어서면 마음이 편안해. 천막 때문에 햇빛이 반쯤 차단되어 포근한 느낌을 주는데, 특히 비가 내릴 때 천막 아래로 들어서면 정말 아늑하지. 어렴풋이 기억나는 어렸을 때의 엄마 품속 같다고 할까?

난 가끔 아줌마들이 무거운 물건을 드는 걸 도와드렸어. 그러면 다들 무척 고마워했지. 하지만 시장에 있는 사람들이 다 마음씨가 좋은 건 아니야. 이유도 없이 신경질을 내거나 욕을 해 대는 사람들도 있지.

난 심심하면 시장 골목을 끝까지 걸어가서 다른 길을 따라 집으로 가곤 했어. 그러면서 어떤 사람들이 마음씨가 좋고 어떤 사람들이 밥맛인지 인상을 비교해 보며 통계까지 내 보았으나 알 수 없더구나. 인상이 나쁜데 잘해 주는 사람도 있고, 인상은 좋은데 성질이 정말 밥맛인 사람도 있어서 종잡을 수 없었으니까.

시장 입구로 조금 들어가 유아용품 가게 앞에 서 있으니 네가 왔어. 넌 불안감과 기대감이 교차하는 듯한 묘한 표정을 하고 있더구나.

난 네가 나타나자마자 돌아서서 20미터쯤 들어가 마음씨 좋은 아줌마가 하는 순댓집으로 들어갔어.

네가 내 맞은편에 앉았을 때 내가 외쳤던 거 기억하지?

"아줌마, 여기 순대 삼 인분 주세요. 소주 한 병하고."

네 눈이 휘둥그레지는 걸 보니까 재미있더군. 넌 가게 안팎을 살피느라고 눈알을 급하게 이리저리 돌렸어.

겁쟁이 자식.

난 웃으며 속으로 말했어.

가게에는 우리밖에 없었는데 그 시간에는 원래 그래. 난 일부러 아무 말도 하지 않고 가만히 있었고, 아줌마가 푸짐하게 썬 순대와 사이다를 쟁반에 올려놓는 순간 겁먹은 네 얼굴이 환해지는 걸 지켜보았지.

"휴, 난 또. 정말 소주를 마시는 줄 알았네."

넌 아기처럼 활짝 웃었어.

"바보같이. 야, 한 잔 받아."

난 웃으며 말했어. 그리고 유리컵에 사이다를 따라 주었고, 넌 신기하다는 듯 사이다를 받더니 내 손에서 병을 가져가며 말했어.

"너도 한 잔 받아."

그러면서 넌 큰 소리로 웃었지. 네가 그렇게 큰 소리로 마음껏 웃는 걸 처음 본 것 같아서 난 네 얼굴에서 웃음이 사라질 때까지 바라보았어.

넌 허겁지겁 순대를 먹고 사이다를 마셨어. 정말로 배가 고픈 것인지 시간이 급해서 그런 것인지는 알 수 없었어. 물론 둘 다였는지도 모르지. 최소한 시간이 급해서 서두른 것은 분명했어. 난 그 사실을 잘 알고 있으면서도 너를 자극했지.

"굶었어?

볼이 불룩하게 순대를 입에 넣은 네가 나를 바라보게 한 뒤 난 한 방 던졌어.

"부잣집 아들이 왜 그래?"

역시, 네 얼굴이 순식간에 어두워지더군.

"왜, 부잣집 아들이라고 하면 싫으니?"

넌 급하게 순대를 씹은 뒤 사이다와 함께 삼키고는 말했어.

"응."

딱 그 한 단어만.

그러고는 더 이상 순대를 먹지 않았지.

난 그게 사실인데 왜 싫으냐고 하려다가 그만두었어. 그게 무엇이건 자신이 싫으면 싫은 것이니까. 그래서 난 바로 사과했어.

"알았어. 미안해. 앞으로는 그 말 안 할게."

그러자 네 얼굴이 또 순식간에 밝게 펴지더구나. 정말 속없는 어린애처럼, 아니 속이 유리 상자처럼 훤히 들여다보이는 아이처럼 말이야.

"이해해 줘서 고마워."

네가 말했고 난 조금 무안해졌어.

"고마울 것까지야 뭐."

난 조금 남은 사이다를 네 잔과 내 잔에 마저 부은 뒤 말했어.

"건배하자."

"응, 그래."

그리고 우리는 잔을 부딪쳤고, 함께 마셨고, 넌 다시 순대를 서너 개나 한꺼번에 입에 넣고 정신없이 씹었지.

조금 뒤 시계를 들여다보던 넌 미안한 낯으로 나를 바라보았어.

"가야 한다 이거지?"

"응. 미안해."

"괜찮아. 넌 공부를 해야 하는 애니까."

"그래도."

"가 봐. 남은 건 내가 다 먹고 갈 테니까 넌 돈이나 내."

돈 얘기를 하자 넌 잊고 있었던 걸 알게 되어 기쁘다는 듯 재빨리 지갑을 꺼냈지. 엄청난 행운이라도 만난 것처럼 기쁜 표정으로.

하지만 자리에서 일어설 때 넌 이미 피곤한 회색 얼굴이 되어 있었어.

"내일 또 먹고 싶으면 얘기해."

네가 안돼 보여서 난 웃음을 띠고 물어보았어.

"야, 하나만 묻자."

"뭐?"

"너, 내가 마음에 들어?"

"응."

"어떤 점이?"

내가 궁금했던 그 점을 넌 잠시 뜸을 들인 뒤에 말해 주었어.

"음…… 넌…… 자유인 같아."

내가 웃음을 터뜨리자 넌 정색을 하고 말했어.

"왜 웃어? 농담 아니야."

"내가 자유로운지 네가 어떻게 알아?"

"뭐, 그냥 느끼는 거지, 그냥. 내 느낌에 넌 확실히 자유인이야. 자유인."

"자유, 글쎄…… 난 아빠가 있는 애들은 다 부럽던데?"

"뭐? 아빠?"

넌 내 말을 알아듣지 못했고 난 재빨리 말머리를 돌려 버렸어.

"하여간 넌 어떤데?"

"난…… 그냥 감옥이야, 공부 감옥!"

그러면서 넌 시계를 보았고, 난 최소한 그런 속박으로부터는 자유롭다고 생각했어.

"어, 늦었어."

"그래, 어서 가 봐."

"응, 학교에서 보자. 참, 아까 그거 미안해."

"뭐?"

"주먹!"

"괜찮아. 진짜는 여기 있으니까."

난 오른손 주먹을 쳐들어 보였고, 넌 웃으며 떠났어.

혼자서 남은 순대를 다 먹고 나니 배는 불렀지만 어쩐 일인지 마음은 텅 빈 것 같더구나.

천막과 천막이 잇닿아 있는 빈틈으로 떨어지는 오후의 맑은 햇살이 투명한 유리 막대기처럼 보였어. 손바닥 가득 꽉 쥘 수 있을 것만 같은…….

김지훈.

그날 이후 난 너와 자주 어울렸어. 자주라고 해 봤자 일주일에 두어 번, 그것도 수업이 끝나고 자가용이 와서 너를 삼킬 때까지 고작 이삼십 분이었지만.

넌 교실에서와 달리 말이 많더구나. 그렇다고 계속 떠든 건 아니었어. 갑자기 말이 많아졌다가 느닷없이 입을 꾹 다물고 다른 사람처럼 가만히 있는 식이었지.

그날 체육 시간 기억하니?

어쩌다 보니 둘이 떨어져 운동장을 걷고 있을 때였지.

네가 느닷없이 말했어.

"야, 네가 내 형이면 좋겠어."

넌 그때 나보다 약간 뒤에 있었어. 그래서 난 네가 어떤 표정인지는 보지 못했어. 네 얼굴을 보려고 반사적으로 고개를 돌리다가 난 멈췄어. 기분이 이상했기 때문이야.

그건 설명할 수 없는 어떤 것이었어. 그런 기분은 느껴 본 적이 없었으니까.

먼저, 좀 불쾌했어. 하지만 단순히 불쾌하기만 한 것은 아니었어. 기분 좋은 것은 더더욱 아니었지만, 그렇다고 어떤 좋은 느낌이 전혀 없는 것도 아니었지. 그러니 이상하다고 할 수밖에.

난 멈칫하던 걸음을 계속하면서 아빠의 사고 때문에 엄마가 유산하고 말았다는 내 동생을 떠올렸어.

만약 아빠가 죽지 않았고, 엄마가 동생을 낳았고, 그 애가 남자였다면, 그래서 그 녀석이 형, 형, 하고 나를 따라다니면 어떤 기분일까, 하고 내 머릿속에 생각이 흘러가고 있었어.

난 널 돌아보지 않은 채 말했어.

"야, 김지훈."

"응?"

"다시는 그런 바보 같은 소리 하지 마."

"……"

"알았어, 자식아?"

대꾸가 없어 언성을 높여 다시 말하자 넌 조그만 떨리는 목소리로 말했지.

"알았어. 안 그럴게."

난 성큼성큼 걸어서 선생님이 계신 곳으로 갔어.

난 네가 왜 그런 소리를 했는지 알 수 없었어. 너도 나처럼 형도 동생도 여동생도 누나도 없는 외동이어서 그런 생각이 들었을지도 모르지. 넌 내가 부러워한 그 아빠하고도 별로 친하지 않다고 했지?

하지만 난 네 아빠가 일 년에 반은 외국에 나가 있으며, 국내에 있는 경우에도 거의 얼굴을 보지 못한다고 한 네 말을 이해할 수 없었어.

넌 이런 말을 했지.

"우리 엄마 아빠는 사이가 안 좋아."

넌 더 자세히 말해 주지는 않았어. 어쩌면 너 자신조차도 네 엄마와 네 아빠를 다 이해하지 못하고 있었겠지.

넌 자주 여행가가 되는 게 꿈이라고 했어.

우리 동네의 오래된 아파트 단지를 무작정 걸어 다니던 날이었을 거야, 아마. 이마의 땀을 닦으며 네가 말했어.

"전 세계를 돌아다니고 싶어. 내 마음 내키는 대로. 내 멋대로. 페루의 남쪽 끝으로 가서 고래들도 구경하고, 상트페테르부르크의 폭설 속을 걸어 다니기도 하고……."

넌 정말 네 말처럼 자유를 원하고 있었던 것 같아.

그래서 네가 보기엔 엄청나게 자유로워 보이는 나와 가까워지고 싶었던 거야. 그렇지?

난 너를 조금씩 불쌍하게 여기게 됐어. 그리고 네 꿈이 이루어지기를 바라게 됐어. 하지만 네 꿈이 그저 꿈으로 끝날 거라는 생각이 더 많이 들었어. 오로지 네 공부 뒷바라지로 하루 이십사 시간을 보낸다는 네 엄마가 그걸 원하지 않을 테니까.

"난 다람쥐 장에 갇힌 다람쥐야."

네가 이렇게 말했을 때 난 웃으며 받았어.

"나도 다람쥐 장에 갇힌 다람쥐야, 인마."

넌 내가 농담을 한다고 여기는 것 같더구나.

하지만 그건 내 진심이었어. 나도 그렇게 느끼며 살고 있었으니까. 그렇지만 널 만나고 나서 난, 최소한 내 다람쥐 장의 문은 열려 있다는 걸 알았지. 문제는 문이 열려 있다고 해도 딱히 떠날 곳이 없다는 것이었지만.

"나도 너처럼 주먹을 잘 쓰면 좋겠어."

언젠가 넌 내게 이런 말도 했어.

학교 근처 골목에서 좀 논다는 애들과 맞닥뜨렸을 때.

그 세 녀석은 분명 우리에게 시비를 걸려는 기색이었지. 그러나 몇 발 뒤처져 있던 한 녀석이 나를 알아보았어.

"어, 너냐?"

그 애가 어색하게 인사를 건네며 세 녀석을 끌고 우리를 지나쳐 가자 네가 그렇게 말했어.

그때 난 피식 웃고 말았지.

야, 김지훈.

넌 나의 그런 점조차도 부러웠던 거야?

아니야, 자식아.

나도 원래부터 싸움을 잘했던 건 아니었어. 난 오히려 아이들이 무시하고 괴롭히면 그냥 울기만 하는 아이였어. 관장님이 내앞에 나타나지 않았더라면 나도 너처럼 눈물 많고 겁 많은 아이로 남았을지 몰라.

초등학교 이 학년 초겨울 어느 날이 시작이었어. 늘 지나다니던 길가 건물 삼 층에 강준영 도장이라는 간판을 걸고 있던 날. 며칠 뒤 일요일에 바로 그 강준영이라는 사람이 우리 집에 나타났으니까.

문을 열자 그가 서 있었어. 가느다랗게 눈이 찢어진, 너도 말했듯이 '약간 웃기게 보이는' 아저씨가.

어렸을 때 난 아빠가 엄마와 나를 놔두고 어디론가 달아나 버린 거라고 상상하곤 했어. 무슨 이유인지 그런 이야기가 내 마음에 자리를 잡았지. 그래서 난 언젠가 마음이 바뀌어 아빠가 다시 찾아오기를 빌곤 했어.

문 앞에 서 있는 남자를 본 순간, 어릴 때의 그 공상이 떠오르더구나.

"현태지?"

내가 고개를 끄덕이자 그 아저씨가 말했어.

"난 강준영이야."

그러면서 '강씨'라는 말에 내가 무지 실망하고 있다는 것도 모르고 내 머리를 쓰다듬었어.

아저씨는 방에서 나온 엄마에게 인사를 하고 안으로 들어왔는데, 그때 난 또 한 번 실망했지. 아저씨가 심하게 절뚝거리고 있었기 때문이야. 비록 강씨이지만 그래도 내 아빠일지 모르는 사람이 절뚝거리다니.

엄마는 커피를 내왔고, 그 사이에 아저씨는 싱글싱글 웃으며 나에게 이것저것 물었어.

"난 네 아빠랑 아주 잘 아는 사람이야."

얘기 끝에 아저씨가 말했고, 그 말은 다시 한 번 나를 좌절에 빠뜨렸어.

하지만 난 그 아저씨와 곧 친해졌고, 그로부터 삼 년 뒤엔 지훈이 네가 부럽다고 한 주먹이 되어 있었지.

그럴 수밖에. 삼 년 동안 하루도 빼지 않고 그 도장에서 살다시피 했으니까.

강준영 도장은 다이어트와 체력 관리가 전문이었지만, 난 처음부터 샌드백에 마음을 홀딱 빼앗겼어.

도장에는 재미있는 운동 기구들이 많았어. 하지만 난 오로지 샌드백만 두드려 댔어. 그러면서 가슴에 꽉 차오르고 있던 외로움을 밀어냈지. 지쳐서 쓰러질 때까지 몇 시간이고 말이야.

그리고 조금씩 전문적인 복싱 기술을 배웠고, 나중엔 헤드기어를 끼고 관장님과 수도 없이 맞붙어 싸우곤 했어.

주먹에 자신이 붙은 난 아니꼽게 구는 녀석들이나 비겁한 놈들을 보면 무조건 때려 줬어. 초등학교 육 학년 동안은 일주일에 한 번은 누군가의 코피를 터뜨려 줬던 것 같아.

글쎄, 모르겠어, 내가 왜 그랬는지.

남들에게는 다 있는 아빠가 내게는 없어서였을까?

어쨌든 엄마가 한몫 톡톡히 한 건 분명해. 끝없이 간섭을 했으니까. 현태야, 난 너를 믿어. 현태야, 난 너를 사랑해, 하고 귀가 따갑도록 말하면서.

나중에 엄마는 도장에 나가지 못하게 했는데, 난 그런 엄마에게 복수를 하는 기분으로 더 자주 누군가의 코피를 터뜨려 줬지.

육 학년 가을에 엄마가 근사한 휴대폰을 사 주더구나. 난 엄마가 내 마음을 달래려고 그런 거라고 생각했어. 실제로 내 마음이 좀 흔들리기도 했으니까.

하지만 그게 아니었어. 엄마는 내가 어디에서 무엇을 하고 있는지 감시를 하고 싶었던 거야.

난 화가 나서 휴대폰을 하수구 구멍에 던져 버렸고, 엄청나게 매를 맞았어. 그러고는 더 삐딱한 중학생이 되어 거의 매일 싸움을 했지. 그러다가 결국 어떤 녀석의 이를 부러뜨리고 눈두덩을 찢어서 앰뷸런스에 실려 가게 만들고 말았어.

그날은 마치 돌풍이 불고 번개가 치고 비가 내리는 그런 날 같았어. 익숙한 동네의 거리와 골목과 집들이 소용돌이처럼 나를 휘감고 뒤흔들었지.

난 내게 얻어맞고 병원에 실려 간 애의 엄마와 우리 엄마가 병원 앞에서 험악하게 말싸움을 하는 걸 보고 한강으로 도망쳤어. 그리고 자정이 되어서야 집으로 가니 엄마가 관장님을 붙들고 비난과 울음을 토해 내고 있더구나.

바로 그날 난 처음으로 아빠 얘기를 들었어.

그래, 너에게도 말했듯이 난 그때부터 더 이상 주먹을 휘두르지 않았어. 하지만 왜 그렇게 되었는지는 나도 몰라. 처음으로 엄마가 몹시 불쌍하게 보였고, 언젠가 돌아올 것만 같던 아빠가 불에 타서 없어졌다는 걸 알게 되어서였을까?

내가 주먹을 접자 모두가 환영하더구나. 그래, 난 모두가 환영하는 왕따가 되었어. 모두가 괴롭히며 즐기는 왕따가 아니라 모두가 관심을 끊은 왕따. 나와 어울려 보려고 알랑방귀를 꿔던 녀석들조차도 관심을 끊은 외톨이.

그런 나에게 지훈이 네가 다가왔던 거야.

친구로 지내자면서.

내가 자유로워 보인다면서.

내가 본 지훈이 넌 정말 유리 같은 애였어. 네 속을 조금도 감출 줄 모르고, 한 대 퍽 치면 깨질 것 같은 유리.

넌 교실에서와 달리 내 앞에서는 신경질적인 아이로 변하기도 했어. 네가 어쩌지 못하는 어떤 분노의 감정에 휩싸였을 때.

하지만 넌 아주 잠깐만 그랬을 뿐, 결코 활활 타오르지는 않았어. 넌 곧 얼굴이 하얗고 순한 아이로 돌아왔지.

넌 내가 TV드라마에서나 본 그런 아이들 중의 하나였어. 잘사는 집에, 전교 일이 등을 다투고, 하루 이십사 시간이 모자랄 정도로 집과 학교와 학원 사이를 자가용에 실려서 끝없이 뱅글뱅글 돌고 있는 아이들.

넌 그런 애들 중에서 내가 처음으로 가까이 접해 본 녀석이었어. 우리 학교에도 당연히 너와 순위를 다툰 녀석들이 있었겠지만, 난 그 애들이 누구인지, 그 애들의 성격이 어떤지, 그 애들이 무슨 말을 하는지 전혀 알지 못했으며, 관심을 가져 본 적도 없었어.

아마도 그 애들은 저마다 다르겠지? 공부하는 걸 정말 좋아하고, 부모님과도 사이가 좋고, 명문대학을 꿈꾸며 행복해하는 아이들도 많겠지? 공부를 잘하고, 부모가 부자라는 건 엄청나게 기분 좋은 일일 테니까.

하지만 넌 아니었어. 넌 행복해 보이지 않았어. 내가 본 넌 불안하고 울적해 보였어. 만나는 횟수가 늘어날수록, 네가 네 속을 더 자주 드러내 보일수록 그렇게 느껴졌어.

넌 자유인이라는 우스운 말을 하며 나를 부러워했지만, 솔직히 난 네가 왜 나와 어울리려고 하는지 이해가 되지 않았어.

아니, 네가 싫었던 건 아니야. 처음엔 불편하고 짜증스러웠지. 하지만 난 네가 조금씩 좋아지기도 했어. 네가 나를 따르고 나에게 기대려 한다는 게 귀찮으면서 좋았어.

내가 너의 형이면 좋겠다는 말을 했을 때도 그랬어. 기분이 이상해서 화를 냈지만 싫지는 않았어. 생각해 보니 너 같은 동생이 있어도 좋을 것 같았어. 최소한, 속을 감출 줄 모르는 네가 나를 속이는 일은 없을 테니까.

하지만 너에 대한 내 마음이 늘 그랬던 건 아니야. 아니, 진실을 말하자면 난 네가 좋았다 싫었다 정반대로 왔다 갔다 했어. 불과 얼음 사이를 왔다 갔다 하듯이.

비가 내리던 그날을 기억할 거라고 봐. 문방구가 있는 건물 입구의 처마 아래에 서 있었을 때.

우린 치르르르 소리를 내면서 차들이 오가고 있는 거리와, 평소 나이 든 아주머니들이 과일과 채소를 팔던 텅 빈 인도, 그리고 떡볶이와 어묵과 붕어빵을 파는 건너편 포장마차를 보고 있었지.

그때 네가 갑자기 말했어.

"병이 난 것 같아."

얘기가 끊어지고 얼마간 침묵이 흐른 뒤였지.

"누가? 무슨 병?"

넌 길 건너 어느 곳인가를 멍하니 바라보며 말했어.

"내가."

"뭐? 어디 아파?"

"우울증."

"우울증?"

"응."

"우울증인지 어떻게 알아?"

난 네가 농담을 한다고 생각했어. 내가 묻자 네가 이렇게 대답했으니까.

74

"자꾸만 우울하니까. 자꾸만, 자꾸만."

난 픽 웃었어. 하지만 넌 웃지 않더구나. 약간 노곤해 보이는 평소의 착한 표정도 아니었어. 가끔 심각하고 진지해질 때마다 나타나는 무표정하고 차가운 얼굴이었어.

"왜 자꾸만 우울해?"

"우울하니까."

넌 앵무새처럼 반복했어.

"공부하기 싫은 거야?"

"그런 것 같아."

"그럼 안 하면 되잖아. 하기 싫은 걸 왜 해?"

"그래서 네가 자유인이라는 거야. 하지만 난 못해."

"왜 못해, 인마? 그냥 안 하면 안 하는 거지."

"난 자유가 없어. 엄마한테 미안해서 못 그래."

내가 입을 닫고 가만히 있자 네가 다시 입을 열었어.

"엄마가 나한테 제일 많이 하는 말이 뭔지 알아? 사랑해. 사랑해."

그러면서 넌 약하게 콧방귀 소리를 내고는 천장이 질긴 텐트 같은 천으로 덮인 외제 자동차를 눈으로 쫓았어.

"엄마는 내가 잊어버릴까 봐 걱정이 되나 봐. 자꾸만 그러니 말이야. 그래서 내가 도무지 쉬지 못하게 만들어."

땅바닥에 바싹 엎드린 듯한 그 외제 차는 안개 같은 연기를 토해 내며 사라졌어.

"그런데 우울증이 어떤 거야?"

내가 묻자 넌 잠시 가만히 있더니 조용히 말했어.

"나도 잘 몰라. 하지만 내가 우울증이라는 건 알 거 같아."

"어떻게 안다는 거야?"

"그냥. 우울하니까."

"우울하면 기분이 어떤데?"

"음…… 땅속으로 끌려 들어가는 것 같아."

"지금 그래?"

"응."

"그럼 병원에 가 봐야 하는 거 아니야? 네 엄마한테도 말하고."

넌 천천히 고개를 저었어. 그러고는 그 얘기는 그만하자고 했지.

김지훈.

너와의 대화는 그런 식일 때가 많았어. 넌 어느 순간부터는 더이상 앞으로 나아가지 않았어. 특히 네 엄마 얘기가 나올 때면 더 그랬어. 넌 네가 힘들다는 걸 나한테 말하는 것으로 만족했어.

"과학고 준비는 잘돼?"

그날 내가 묻자 금세 표정이 어두워진 네가 말했지.

"엄마가 원하니 뭐."

"넌?"

"솔직히 난 별로야."

"그럼 싫다고 하면 되잖아, 자식아."

넌 아무 말도 하지 않았어. 이번엔 일찌감치 입을 다물어 버렸어.

난 네가 엄마나 아빠에게 한 번도 대들어 본 적이 없을 거라고 생각했어. 아니, 그걸 부추길 마음은 조금도 없었어. 그렇지만 그런 얘기를 듣다 보면 난 짜증스러워지고 화가 나기 일쑤였어. 네가 언제나 주저하면서 얘기를 멈춰 버렸으니 말이야.

네가 떠난 뒤 난 비를 맞으며 골목길을 걸었어. 난 '너의' 우울증에 전염된 것처럼 기분이 나빠져 있었어. 네가 나에게 딱히 잘못한 건 없었지만 난 결국 너에게 화가 나 있었어.

눈물 많고, 겁 많고, 가슴속에 불만을 꼭꼭 숨기고 있고, 얘기 끝에는 항상 '나중에' 여행을 떠나자는 말을 하고, 시간이 되면 칼같이 차를 타고 떠나 버리는, 부잣집 아들에, 공부를 잘하는 네가 나를 상대로 스트레스를 풀고 있는 것 같았기 때문이야.

난 땅바닥에 떨어져 있는 우유팩을 걷어찼어. 아가리가 열려 있어서 빈 팩인 줄 알았는데 발끝에 무게가 느껴지더니 우유가 튀더구나.

"어떤 개새끼가……."

욕을 하고 바지에 묻은 우유를 손으로 털면서 난 이게 다 네놈 때문이라고 생각했어.

도대체 세상은 왜 이렇게 엉망진창일까?
김지훈.
넌 가끔 이런 의문에 빠지지 않았니?
어떤 집은 철철 흘러넘칠 정도로 부자고……
어떤 집은 개집처럼 못살고……
어떤 아이들은 돈이 없어서 학원에 가지 못하고……
어떤 아이들은 꽉 짜인 과외 스케줄에 정신을 못 차리고……
어떤 엄마들은 그림자처럼 아이 옆에 붙어 다니고……
어떤 엄마들은 있는지 없는지 알 수 없고…….

그날 처음으로 너와 더 이상 어울리지 말아야겠다는 생각이 들었어. 서로에게 익숙해져서 너와 내가 아무리 친해진다 해도, 너와 나는 결국 다른 길을 가게 될 테니까.
네 엄마가 그림자처럼 네 옆에 꼭 붙어 있고, 네 아빠는 언제나 멀리 떨어져 있고, 네 엄마와 아빠의 사이가 나쁘고, 네가 과학고를 싫어하고, 네 말대로 네가 우울증이라고 해도, 넌 공부 잘하고, 순한 편이고, 좀 겁쟁이이긴 하지만 잘난 척하지 않고, 게다가 잘사는 집의 아이로서, 좋은 고등학교와 좋은 대학을 나와서, 좋은 직업을 가진 어른이 될 테니까.

난 공부를 잘하는지 못하는지 판단할 수 있을 만큼 제대로 해 본 적도 없었어. 기억도 못하는 아빠는 고속도로에서 불에 타 죽었고, 엄마는 잔소리가 심한 카페 마담이고, 나는 좋은 책 나쁜 책 가리지 않고 닥치는 대로 읽으며 샌드백만 두드리고 있으니, 가까운 고등학교에 진학하고, 대학에 갈 수 있으면 가고 불가능하면 안 갈 거고, 결국 무슨 일인가 하며 그럭저럭 살아가겠지…….

지훈이 넌 내 앞날을 상상해 본 적이 있니?

° 바람이 불어, 내가 원치 않아도

　헬스클럽에서 나왔다. 밖은 어둠이 내리기 시작하고 있었다. 나는 조심스레 인도 좌우를 살펴보았다. 지훈이 엄마는 보이지 않았다.

　나는 횡단보도를 건너 낡은 아파트 단지로 들어가 이리저리 돌아다녔다. 아빠들이 차를 몰고 하나둘 직장에서 집으로 돌아오고 있었고, 베란다마다 텔레비전의 파란 빛이 어려 있었다.

　이제 곧 저녁을 먹겠지.

　어떤 집은 엄마 아빠와 아이들이 함께.

　어떤 집은 학원에 가 있는 아이들은 빼고 엄마 아빠 단 둘이만.

　어떤 집은 엄마 아빠 없이 아이들끼리만 쓸쓸하게……

나는 우체국 앞을 지나 단지 밖으로 나갔다. 차들이 많이 늘어나 있었다. 양 차선 모두 차들로 가득했다. 나는 인도를 따라 죽 걸어가서 가로등 불빛을 가려 주는 가로수 아래 어둠 속에 숨었다. 그리고 자동차들 너머로 건너편을 바라보았다.

카페 목련의 네온이 불을 밝히고 있었다. 문이 열려 있어서 안이 보였다. 아직 손님은 없었다. 엄마도 보이지 않았다. 그 시간이면 엄마는 길가 쪽 창가에 앉아서 커피를 마시며 담배를 피우곤 했다.

머릿속에 어떤 장면이 떠올랐다.

연극 무대 같은 그림 속에서 화가 난 엄마가 말한다.

"더 기다려 봐야 소용없어요. 그놈이 뭐, 뻔하지."

엄마가 자리를 박차고 일어서고, 관장님이 붙잡는다.

"그러지 말고 조금만 더 기다려 봐요. 오랜만에 함께 외식한다고 얼마나 즐거워했는데요."

엄마는 이삼 초 멈칫거리지만 곧 단호하게 관장님의 손을 뿌리친다.

"그놈 안 와요. 내가 잘 알아요. 잡지 마세요."

마음이 약한 관장님은 엄마를 잡지 못한다.

그래, 좋다. 오늘 저녁은 우리 셋 모두 굶는 날이다.

하지만 엄마는 아직 카페에 나타나지 않았다. 혹시 관장님과 둘이서 저녁을 먹으러 갔을까? 그래도 상관없다. 둘이 결혼해서 한 집에 살아도 나는 괜찮다. 그렇다고 관장님이 나의 진짜 아빠가 되는 것은 아니지만, 나는 아저씨를 좋아하니까.

십 분이 지났다. 서빙하는 누나가 안쪽에서 나와 주방으로 들어가는 게 보였다. 그러나 금세 주방에서 나왔다. 뒤이어 주방 아줌마가 따라 나왔다. 둘은 웃으면서 몇 마디 주고받더니 안쪽으로 사라졌다. 엄마는 여전히 나타나지 않았다.

나는 어둠이 내리기 시작한 거리를 다시 걷기 시작했다. 어디로 가야 할지 알 수 없었다. 평소엔 정말 아무 생각 없이 내키는 대로 한 시간씩 걸어 다니곤 했다. 횡단보도 신호등에 파란 불이 들어와 있으면 별 생각 없이 건넜고, 건너려 하다가도 빨간 불이면 그냥 똑바로 걸어갔다.

그게 편했다. 아무런 목적도 목표도 없이 걷는 게 좋았다.

그런데 지금은 이상하게 갑갑했다.

나는 지훈이 녀석을 생각했다.

지금쯤 녀석도 어디에선가 걷고 있는 건 아닐까?

가출도 일종의 여행이라고 생각하면, 녀석의 가출은 평생 처음으로 감행한 단독 여행일 것이다.

녀석을 생각하자 초저녁별처럼 반짝 목적지가 떠오르며 두 다리에 힘이 들어갔다.

나는 빠른 걸음으로 지하철 정거장 쪽으로 향했다.

그 근처에 낮은 산이 있다. 산을 관통하는 터널로는 차들이 다니고, 그 아래 지하에는 전철이 다닌다. 산 양편 아래쪽 기슭에 작은 규모의 아파트와 주택들이 있으며, 산에는 아기자기한 좁은 길과 빽빽한 나무, 그리고 운동기구와 벤치가 있다.

그러나 산은 오래전부터 출입금지였다. 산중턱에 철조망이 쳐져 있었다. 터널이 생기고, 어느 날 노숙자 아저씨가 뛰어내려 목숨을 끊은 뒤 내려진 조처였다.

하지만 나는 이따금 몰래 그 산으로 들어갔다. 빽빽한 나무들 사이에 몸을 숨기고 환한 가로등이 불을 밝힌 도로 위로 차들이 질주하는 것을 내려다보았다.

밤이 깊을수록 차들은 더 속도를 냈다. 터널을 향해 달려오고 터널에서 빠져나가 멀어져 가는 차들을 보면, 터널이 이 세상과 다른 세상을 이어 주는 비밀 통로처럼 느껴졌다.

나는 아파트 옆의 좁고 어두운 길을 걸어 개구멍으로 들어가 잡초들이 우거진 좁을 길을 따라 비스듬히 옆으로 돌아갔다. 진한 흙냄새와 풀 냄새가 코를 찔렀다. 이제 살 것 같았다. 나는 산의 낭떠러지 쪽에 세워진 높은 콘크리트 벽 앞에서 잠시 쉬었다. 그리고 다시 몸을 움직여 계단 길을 걸어 내려갔다.

누군가가 내 자리에 앉아 있었다.

자동차들을 빨아들이는 터널 구멍과 일직선에 있는 벤치로, 미친 듯이 달려오던 차들이 내 발 밑으로 사라지는 걸 볼 수 있는 자리였다.

몰래 산을 찾을 때면 나는 항상 전망이 좋고 어두운 그곳에 앉았다. 산꼭대기에 있는 두 개의 조명도 거기에는 미치지 못했다.

나는 바짝 긴장한 채 버려진 무슨 자루 같은 정체불명의 침입자를 노려보았다. 회색 어둠 때문에 정확한 색깔은 알 수 없었지만, 반소매 셔츠, 조끼, 반바지, 등산화, 제법 큰 가방을 알아보았다. 가방에는 어깨에 멜 수 있게 끈이 달려 있었다.

그는 마치 태아 같았다. 두 다리를 벤치로 끌어올려 가슴팍에 대고, 무릎 위에 얹은 두 팔에 얼굴을 묻고 있었다.

나는 곧 알아차렸다.

심장이 더욱 세차게 쿵덕쿵덕 뛰었다.

"지훈이니?"

나는 조심스레 말했다.

녀석은 몇 초 동안 꼼짝도 하지 않았다.

잠이 든 것일까, 생각하는데 조심스레 녀석이 고개를 들었다. 지훈이가 맞다. 내가 먼저 녀석의 얼굴을 알아보았다.

녀석은 나를 뚫어져라 쳐다보더니 한 손으로 눈을 비볐다. 그리고 다시 뚫어져라 쳐다보았다.

"현태야!"

녀석이 말했다.

몹시 가느다란 목소리가 맥없이 떨렸다.

나는 좁은 계단 길을 풀쩍 풀쩍 뛰어서 내려갔다.

그 사이 녀석은 다시 두 팔에 얼굴을 묻고 있었다.

앞에 서자 녀석이 흐느끼는 소리가 들렸다. 조그맣게 어깨도 들썩이고 있었다.

나는 곁에 앉았다. 그러자 바로 내 어깨에 쓰러지듯 기대며 소리 내어 울었다. 벤치에 올려놓았던 두 다리가 나무 막대기처럼 바닥으로 떨어졌다.

그런 식으로 맞닥뜨리고 보니 섭섭했던 감정 같은 건 몽땅 사라져 버렸다. 오히려 눈물이 나오려고 했다. 팔로 감싸자 녀석은 내게 몸을 밀착하며 더욱 세차게 울었다. 샤워를 하지 못한 내 몸에서 다시 땀 냄새가 났다.

오 분쯤 뒤에야 녀석은 울음을 그쳤다. 녀석은 기운이 다 빠져버린 사람처럼 터널 아래 도로를 멍하니 내려다보았다.

나는 아무 말도 하지 않고 기다렸다. 사실 할 말도 없었다.

이윽고 녀석이 입을 열었다.

"어떤 애가 죽었어…… 같이 과외 받던 애……."

착 가라앉은 목소리였다.

입술이 파르르 떨렸다. 몸도 떨고 있었다. 추워서 그런 건 아닌 것 같았다.

"…… 그 애 얼굴이 머리를 떠나지 않아…… 나도 그렇게 될까 봐 무서웠어……."

그리고 입을 닫았고, 또 울었다.

침묵이 이어졌다.

나도 인터넷에서 여러 번 그런 뉴스를 본 적이 있었다. 그런 기사는 대체로 야구 경기 스코어보드보다도 간단했다.

…… 서울 동작구 한 아파트에서 중간고사를 치르던 한 모양이 11층에서 투신해 목숨을 끊었다.

경남 양산의 정모 군이 아파트 17층에서 투신해 목숨을 끊었다.

대구 수성구 한 아파트에서 이모 양이 투신해 목숨을 끊었다.

강원도 춘천에서 어모 군이 아파트에서 뛰어내려 숨졌다.

인천의 한 과학고 기숙사에서 이 학교 학생 김모 양이 독극물을 먹고 숨진 채 발견됐다.

서울의 한 고등학교 학생회장 이모 군이 아파트에서 투신해 목숨을 끊었다……

나는 무슨 말을 해 줘야 할지 알 수 없었다.

갑자기 녀석이 부르르 떨고는 말했다.

"현태 네 생각 많이 했어. 내가 죽으면 넌 나를 겁쟁이라고 욕하겠지?"

녀석은 터널 아래 도로 쪽에 시선을 고정하고 있었다.

"그래, 욕할 거야. 설마…… 죽으려고 집 나온 거야?"

"몰라, 아니…… 아니지만 혹시라도……"

"헛소리하지 마, 인마. 죽긴 왜 죽어, 자식아."

"넌 씩씩하니까 잘 견디겠지만……."

씩씩하다고 행복한 건 아니야, 자식아.

나는 속으로 녀석에게 말했다. 그리고 입을 열었다.

"웃기고 있네. 야, 아까 네 엄마가 찾아왔어. 어제는 경찰이 학교로 왔고."

순간적으로 녀석은 죽은 척하는 곤충처럼 굳어 버렸다.

"미안해."

녀석이 고개를 떨어뜨리며 말했다.

"나한테 미안할 건 없어. 아니, 미안하면 어서 집에 들어가, 자식아. 먼저 연락이라도 해 줘. 네 엄마 보니까 불쌍하더라."

녀석은 계속 고개를 숙이고 있었다.

"널 만나고 싶었어."

녀석이 말했다.

"날 만나서 뭐?"

"그냥…… 너무 갑갑하고 미칠 것 같아서 나왔는데 나오고 보니 갈 데가 없었어……. 하지만 집 나오기 전부터 널 만나고 싶었어……. 작년 가을엔 너무 미안했어. 떠나기 전에 꼭 한 번 보고 싶었는데…… 내가 용기가 없어서 못했어……."

나는 배반감을 느꼈던 걸 떠올렸다. 하지만 지금 그 감정은 희미하게만 떠올릴 수 있었다.

"가출까지 한 놈이 뭘 자꾸 용기가 없다고 그래."

나는 손바닥으로 녀석의 등을 한 대 쳤다.

녀석이 고개를 들고 나를 바라보았다. 눈가에 희미한 미소가 떠올라 있었다.

바람도 없는 가을밤이었다. 풀벌레 소리만이 점점 더 커져 갔다. 고 조그만 녀석들이 터널로 들고나는 자동차 소리에 또렷한 금이 가게 했다. 벌레들은 조금도 꿀리지 않고 자동차 소리에 맞서고 있었다.

나는 서늘한 밤공기와 함께 나무 냄새와 흙냄새를 가슴 가득 들이마셨다.

"여긴 왜 왔어?"

내가 물었다.

"운이 좋으면 여기서 널 만날 수 있을 것 같았거든. 어제 그 생각이 들었어. 그래서 여기서 밤을 새웠어. 헬스클럽으로 찾아갈까 생각했지만 다른 애들과 마주치게 될까 봐⋯⋯."

"잠은 어디서 잤어?"

"그냥 피씨방에서도 자고 모텔에서도 자고 그랬어."

녀석의 얼굴이 점점 더 밝고 맑아져 가고 있었다.

겉모습만으로는 확실히 자유로운 여행가 같았다.

"공부는 어때? 과학고 갔어?"

과학고라는 말에 녀석은 갑자기 입을 꾹 다물고 있더니 토하듯이 말했다.

"아니, 못 갔어. 그래서 더 힘들어⋯⋯. 선생님이고 엄마고 아빠고 다 어떻게 해 버리고 싶어⋯⋯."

그건 나도 동감이었다. 단, 오래전에 이미 암흑이 돼 버린 아빠는 빼고.

나는 선생님들과 엄마가 하는 얘기를 늘어놓았다.

"나중에는 고마워하게 될지도 몰라, 자식아. 공부 잘하면 좋은 대학 가게 되고, 좋은 대학 가게 되면 결국 좋은 데 취직해서 잘 먹고 잘살게 될 테니까."

약간 비꼬며 한 말이었지만 녀석은 웃지 않았다.

녀석은 세차게 고개를 흔들었다.

"아니야, 아니야. 난 증오하게 될지도 몰라."

나는 아무 말도 하지 않았다.

트럭 한 대가 굉음을 울리며 우리들 발아래 구멍으로 사라졌다.

배가 고팠다. 엄마 생각이 났다.

엄마는 관장님과 함께 밥을 먹었을까?

엄마 성격으로 봐서 틀림없이 밥을 먹지 않았을 것이다. 나를 기다리다가 관장님을 뿌리치고 거리로 나섰을 것이다. 그리고 나처럼 잠깐 방황하다가 빈속으로 카페로 갔고, 지금쯤 이미 한잔 했을 것이다. 이놈은 어디로 꺼진 거야, 하고 속을 끓이면서.

나는 휴대폰을 가지고 있지 않았다. 그건 순전히 엄마 탓이었다.

"배고파."

내가 별 생각 없이 말하자 녀석이 바로 받았다.

"야, 나한테 먹을 거 많아. 잠깐만 기다려 봐."

녀석의 얼굴에 해맑은 미소가 활짝 피어났다.

짜증스럽고 싫은데도 뿌리치지 못하게 만들었고, 결국 제법 좋아할 수밖에 없게 만든 바로 그 웃음. 상대에 대한 조그만 의심도 없는 어린애같이 순진하고 맑은 미소.

그 표정을 보니 가슴속에 어슬렁거리고 있던 짜증스러운 안개가 한순간에 슥 사라졌다.

나는 녀석이 가방에서 소시지, 빵, 콜라, 우유, 귤 등을 꺼내 벤치에 늘어놓는 것을 지켜보았다. 녀석은 그렇게 할 일이 생긴 게 무지무지 기쁜 듯했다.

헬스클럽 사무실 소파에 피곤하고 불안한 얼굴로 죄인처럼 앉아 있던 지훈이 엄마가 생각났다.

"야, 어서 먹어."

지훈이가 발랄하게 말했다.

"그래, 시바. 일단 먹고 보자."

그런 다음 네놈 엉덩이를 차서 집으로 돌려보낼 거니까 각오 단단히 해.

관장님, 그리고 엄마.

미안하지만 오늘은 두 분만 굶으세요.

지훈이와 나는 정신없이 먹고 마셨다. 우리는 오 인분쯤 되는 것을 십 분 만에 다 먹어 치웠다. 녀석은 계속 싱글벙글 웃었다. 엄마도, 아빠도, 뛰어내려서 죽었다는 그 친구도, 자신이 가출했다는 사실도 모두 모두 잊어버린 듯했다.

그리고……

생수로 입을 헹군 지훈이가 나한테 줄 선물이 있다면서 상체를 비틀어 배낭을 뒤지기 시작했을 때였다.

그 비겁한 녀석들이 살금살금 다가오고 있었다.

마치 갑작스러운 비바람처럼.

내 기분은 조금도 생각해 주지 않는 소나기처럼.

그들은 지훈이 뒤의 어두운 공간 너머, 빽빽한 나무들 사이 희끄무레한 어둠 속에서 빠른 속도로 우리를 향해 내려오고 있었다.

심장이 덜컹 뛰었고, 소름이 돋았다.

틀림없이 재수 없는 일일 것 같았다.

내 예감이 맞았다.

나는 그들이 누구인지 곧 알아차렸다. 지난해 초여름, 지훈이를 괴롭히다가 나한테 걸려서 얻어터진 놈들이었다. 복수를 하려고 때를 기다려 온 모양이었다.

이따금 이곳 먼발치에서 나를 보았겠지만, 그때는 자기들끼리여서 나서지 못했겠지.

지훈이는 아무것도 눈치채지 못했다.

나는 긴장한 채 다섯 개의 형체를 헤아리고 있었다. 오늘이나 어제 지훈이를 보고, 자기네 형이나 동네 격투기 도장의 멍청한 형들을 끌고 온 것 같았다. 두 명은 덩치가 컸는데, 여자처럼 긴 머리가 출렁거리는 치도 있었다.

나는 재빨리 주위를 살피며 머리를 굴렸다. 하지만 아무 소용이 없었다. 그들이 내려오고 있는 그 길을 통하지 않고는 산을 빠져나갈 수 없었다.

다람쥐처럼 빠르게 움직일 수만 있다면.

그러면 저놈들이 가까이 오기를 기다렸다가 재빨리 사람 허리 높이의 바위 두세 개를 타고 올라가면 되겠지.

"자, 이거 받아."

지훈이가 몸을 돌리며 말했다.

녀석의 손에는 찻주전자만 한 쇼핑백이 들려 있었다.

녀석의 말이 귀에 들어오지 않았다. 아니, 귀에는 들어왔지만 신경을 쓸 수가 없었다. 내 감각은 온통 뱀처럼 스르르 다가오고 있는 놈들에게 쏠려 있었다.

순식간에 입이 바싹 말라 버렸다.

내 눈길을 따라 지훈이도 그들을 보았다.

"누, 누구야?"

지훈이가 나를 돌아보며 말했다.

지훈이는 다시 힐끔 그놈들을 돌아보고 나를 보았다. 자기를 잡으러 온 사람들로 보였는지 얼굴이 새하얗게 굳어 있었다.

"너도 아는 애들이야."

내가 말하자 녀석은 다시 힐끔 놈들을 돌아보았다.

나는 지훈이를 내가 앉았던 쪽으로 오게 했다. 배낭도 그쪽으로 끌어다 놓았다. 그런 다음 벤치 앞에 서 있었다.

그들이 가까이 왔다.

희끄무레한 유리문이 열리는 것 같았다.

나는 예감과 짐작을 확인했다. 우리 또래 둘이 지훈이를 괴롭히다가 나한테 두드려 맞은 자식들이었다. 그 두 놈이 있다는 것만으로 용건은 분명해졌다.

둘 중 바보 같은 한 놈이 비굴하게 실실 웃었다. 도망치면서 나한테 욕을 한 바로 그놈인 듯했다.

"오랜만이네."

그 바보가 말했다.

일 년이 넘었으니 정말 오랜만이다.

나는 말없이 그 바보를 뜯어보았다.

녀석은 복수심으로 흥분해 있으면서 동시에 두려움을 느끼고 있었다.

녀석이 인디언처럼 머리가 긴 남자에게 귀엣말을 하자 그 장발이 나를 똑바로 바라보았다. 어떤 패거리인지 알 수 없지만 어쨌든 스물두엇은 되어 보이는 그가 대장인 듯했다.

바보의 형이거나 한 동네에 사는 깡패겠지.

"무슨 일이에요?"

나는 떨지 않으려고 애쓰며 말했다.

장발은 아무 대꾸도 하지 않고 계속 노려보기만 했다. 무서움이 밀려왔다. 일부러 웃어 주고 싶었으나 얼굴에 미소의 그림자도 떠올릴 수 없었다.

이 인간들은 왜 말들이 없지?

말이 없으니까 더 불안했다.

나는 관장님을 생각했다.

무섭다는 느낌이 들 때마다 머릿속으로 너 자신에게 농담을 걸어라.

관장님이 자주 한 말이다.

그래, 무슨 말을 할까?

얍, 하고 기합을 넣으면 바닥이 엄청나게 두꺼워지는 신발은 없을까?

나는 스스로에게 말했다.

그러면 지금 같은 이런 시간에 재수 없이 깡패들에게 포위를 당해도 가소롭다는 듯 웃어 줄 수 있겠지? 녀석들은 쓸데없이 자기들 키만큼 두꺼워진 내 신발 밑창만 계속 두드리게 될 테니까.

소용없었다.

그런 생각이야말로 쓸데없는 것이었다.

나는 현실적으로 생각하기 시작했다.

다섯 명은 아무것도 아닐 수 있다. 좀 과장하자면 오십 명도 아무것도 아닐 수 있다. 싸움은 숫자로 하는 게 아니다. 실제 싸움에서 한 사람을 상대로 한꺼번에 나설 수 있는 숫자도 대여섯 명밖에 안 된다. 오십 명이 동시에 한 명에게 덤벼들면, 상대를 치기도 전에 자기들끼리 밀치고 밟아야 할 것이다.

"이름이 뭐야?"

마침내 장발이 입을 열었다.

표정과 달리 웃기게 들리는 목소리였다.

"그러는 거기는요?"

내가 되묻자 장발이 피식 웃었다.

나는 주먹을 쥐면서 마음을 다졌다.

자, 다섯 명 정도는 상대할 만한 숫자야.

하지만 솔직히 장발은 그 인간 혼자를 상대하기에도 만만찮아 보였다. 그런 느낌이 들었다. 몸에서 풍기는 기운과 눈빛이 그랬다.

다리가 조금 후들거렸다.

나는 어금니를 악물며 각오를 다졌다. 몇 대 때리고, 엄청 얻어맞고, 그러면 끝나겠지.

그때 지훈이에게 생각이 미쳤다.

하지만 나는 그렇다 치고, 평생 처음 홀로 여행길에 나선 저 녀석은 어떻게 하지? 이런 애들의 주먹은 한 번도 맞아 본 적이 없을 텐데…….

하필이면 왜 지금 이런 시간에 이런 일이 생기는 것일까?

아, 빌어먹을!

세상은 정말 내가 원하지 않는 일들로 가득 차 있는 것 같다.

°롤러코스터를 탄 우리

김지훈. 아마 넌 그날을 특별히 더 자세히 기억하고 있겠지?
내가 너에게 주먹을 날린 그날 말이야.

순간적으로 흥분하여 그랬던 것이긴 하지만 그 이전부터 내 속
엔 조금씩 폭약이 쌓여 가고 있었어. 너를 더 많이 알게 될수록
너와의 거리감은 더 커져 갔고, 네가 더 자주 나를 찾을수록 네가
떠난 뒤의 난 더 허탈했으니까.

쌓인 폭약이 터지기 딱 일주일 전, 약간씩 더워지기 시작하던
노는 토요일 오후, 네가 클럽에 나타났을 때도 난 무지 화가 났어.

아니, 내가 처음부터 그랬던 건 아니야. 나도 어느새 너에게 정
이 들어 있었고, 그 정이라는 게 어른들이 미운 정 고운 정 어쩌

고 하는 그런 것이었고, 또 네가 예고도 없이 내 아지트인 클럽에 나타났다는 게 엄청나게 반가웠으니까.

십 분쯤 샌드백을 두드리고 있을 때여서 난 너에게 근육이 튀어나온 내 팔뚝을 보여 주고 샌드백을 어떻게 치는지 얘기하며 자랑하고 싶었어.

하지만 관장님이 말해 줘서 내가 널 바라본 순간, 황당하게도 넌 손가락으로 네 손목시계를 가리키고는 사라져 버렸어. 하얀 얼굴과 환한 미소의 잔영만 남긴 채.

"누구냐?"

빨래 건조대에 수건을 널고 있던 관장님이 물었지만 난 입을 꾹 다물고 있었어.

"누구냐?"

관장님이 재차 물었을 때에야 난 겨우 터져 나오려는 욕설을 삼키고 말했어.

"나랑 친구 하고 싶다는 놈이요."

"아, 그래? 잘생겼는데?"

"저게 잘생긴 거라고요? 쳇, 걸핏하면 우는 마마보이에다 우울증 환자예요."

"뭐? 마마보이? 우울증? 애들이 무슨 우울증이야?"

"자기 입으로 그랬어요, 우울증이라고."

관장님이 또 뭐라고 물었지만 난 이미 돌아서서 샌드백을 향해 주먹을 뻗고 있었어.

다음 주 토요일, 교문을 빠져나오는데 언제 따라왔는지 네가 내 옆으로 불쑥 모습을 드러내며 말하더구나.

"야, 오랜만에 순대 먹지 않을래?"

"생각 없어. 다른 애들이랑 먹어."

내가 걸음을 빨리 하자 넌 바싹 따라붙으며 물었지.

"야, 왜 요즘 피하는 거야?"

"관심이 없으니까."

"내가 뭐 잘못한 거 있어?"

"없어."

"그런데 왜 그래?"

"나도 몰라, 이 새끼야!"

난 시장 골목 쪽으로 가려다가 급히 방향을 바꿔 찻길 쪽으로 걸어갔어. 그리고 자동차 행렬이 뜸해지기를 기다리다가 갑자기 도로를 가로질러 뛰기 시작했어. 그러자 그냥 그 자리에 있을 줄 알았던 너도 한 박자 뒤늦게 뛰기 시작했어.

넌 아파트 단지로 들어가는 나를 계속 따라왔어. 난 나를 따라오는 네 발소리를 들으며 점점 화가 치밀어 오르고 있었어. 그런데도 넌 무슨 재미있는 놀이라도 하고 있는 것처럼 킬킬 웃고 있었지.

난 햇빛이 들지 않는 으슥한 곳에서 우뚝 멈춰 섰어. 그리고 잠시 숨을 고르고 뒤돌아보니 너도 멈춰 서서 숨을 몰아쉬고 있더구나. 환한 미소를 띠고서.

"야, 자꾸 따라오지 마. 장난 아니야."

내가 위협적으로 말하자 넌 눈을 깜박이며 가만히 있더니 슬픈 얼굴로 말했지.

"야, 내가 귀찮아?"

그 말이 슬프게 들려서 멈칫하던 난 소리쳤어.

"그래, 자식아. 아직 몰랐어? 난 네 심심풀이 상대가 아니야, 이 새끼야."

넌 표정이 굳어지며 더듬거렸지.

"나, 난 그, 그렇게 생각한 적 없어. 난 그, 그저 네가 부러워서……"

난 네 말을 자르며 다시 소리쳤어.

"네가 그렇게 생각하건 말건 내가 그렇게 느끼면 그런 거야. 도대체 나랑 친구 하고 싶다는 이유가 뭐였어? 학교 끝나고 순대 사주고 고작 십 분 이십 분 함께 있으면서 네 기분 풀겠다는 거 아니야? 네 공부 방해 받지 않는 범위 내에서. 너한테 아부하는 다른 놈들은 지겹고 역겨우니까 나 같은 애한테 관심 갖는 게 아니냐고. 이러쿵저러쿵 왔다 갔다 하는 소리나 늘어놓고, 얘기가 될 만하면 차 타고 쌩 가 버리고……."

넌 눈을 내리깐 채 입술을 조금 내밀고 가만히 있었어. 그건 곧 네 눈에 눈물이 고일 거라는 신호였지.

그 꼴을 보자 난 더 화가 났어. 나와 친하게 지내지 않아도 전혀 아쉬울 게 없을 네가 그런 꼴로 내 앞에 서 있다는 게 도무지 이해가 되지 않았으니까.

난 또 외쳤어.

"너 같은 놈은 처음 봐, 이 새끼야. 벌써 서울대가 보장돼 있는 애들은 무슨 생각을 하며 살까 궁금했어. 하지만 네가 친구 하자고 하지 않았으면 그러지도 않았을 거야. 난 다른 애들한테는 관심이 없으니까. 그래서 조금 관심을 가졌을 뿐이야. 이젠 네가 어떤 애인지 알았으니 됐어. 넌 너무 편하게 살아서 네가 편한 줄 모르는 바보일 뿐이야. 알았어, 자식아?"

지훈이 너의 얼굴이 점점 일그러져 가더구나. 그리고 입술이 바르르 떨렸고, 마침내 눈물이 흘러내렸지. 넌 두 눈을 부릅뜨고 나를 노려보았어. 그러고는 온몸을 부르르 떨면서 말했어.

"그, 그 말 취소해."

"뭐, 자식아?"

"취, 취소해."

"뭘 취소하라는 거야, 새끼야?"

넌 핏기가 가신 얼굴로 다시 파르르 떨었어.

"펴, 펴, 편……"

넌 너무 흥분해서 말도 제대로 하지 못했지만, 난 네가 무슨 말을 하려고 하는지 짐작할 수 있었어. 너무 편하게 살아서 편한 줄 모르는 놈이라는 내 말이 네 자존심을 건드린 거였겠지?

"뭐야, 이 새끼야? 바보같이 말도 제대로 못해?"

네 앞으로 다가서며 내가 말하자 넌 뒷걸음질을 칠 듯이 뒤로 움찔했어.

"취소 못하겠어. 어쩔 거야, 응? 어쩔 거냐고, 자식아."

난 계속 몰아붙이며 손바닥으로 네 가슴을 가볍게 밀쳤어. 그러자 넌 깜짝 놀라며 내 팔목을 잡아 집어 던지듯이 떨쳐 내더구나. 그 바람에 난 옆으로 기우뚱했고, 싸움꾼 때의 본능이 되살아나 재빨리 바로 서며 주먹을 쳐들었어. 그러자 넌 또 깜짝 놀라며 두 손으로 내 주먹을 꽉 움켜쥐더니 술 취한 우리 엄마처럼 혀 꼬인 소리를 냈어.

"취, 취소해."

"이거 봐, 이 새끼야!"

난 버럭 소리를 지르고는 두려워서 엉덩이를 뒤로 뺀 너의 두 팔 사이로 재빨리 왼손을 넣고 네 왼팔 손목을 잡으며 아래로 꺾어 뿌리쳤지.

잡혔던 내 주먹이 빠져나왔고 넌 앞으로 엎어질 듯 휘청거렸어. 난 왼손으로 그런 너의 짧은 머리카락을 꽉 움켜쥐고 일으켜 세우며 폭약을 터뜨렸어. 네 명치에 상당한 힘이 들어간 오른 주먹을 날려 버렸다는 얘기야.

넌 신음소리를 토하며 땅바닥에 고꾸라져 태아처럼 몸을 말며 괴로워했고, 나는 그런 널 내려다보며 고함을 질렀어.

"야, 이 새끼야. 취소는 무슨 취소야? 네가 편하게 사는 놈이 아니면 내가 편하게 사는 놈이야? 난 너하고 달라. 넌 시간이 지나면 나 같은 놈은 금방 잊어버릴 거야. 네 엄마는 대학 시절 잘 나가던 소프라노였다며? 우리 엄마가 뭐 하는지 알아? 우리 엄마는 카페에서 술을 팔아, 이 새끼야. 토요일마다 떡으로 취해서 새벽에나 들어와. 네 엄마하고는 비교가 안 돼. 아빠는 아예 없어. 기억조차 없어. 아빠는 출장 갔다가 사고로 죽었어. 차에 불이 나서 타 죽었어. 불에 타 죽었다고, 이 새끼야. 너 이런 거 이해할 수 있어? 네 아빠가 불에 타서 죽었다고 생각해 봐, 자식아. 우울증? 웃기고 있네. 배부른 소리 하지 말고 공부나 열심히 해, 이 새끼야. 그게 네가 할 일이야. 알아들어?"

난 내 분에 못 이겨 옆에 떨어져 있던 내 가방을 주워 아파트 콘크리트 벽에 집어 던져 버렸어.

넌 양 무릎을 가슴 가까이 끌어당겨 두 손으로 감싸 안고는 계속 땅바닥에 드러누워 있었지. 더 이상 신음소리를 내지는 않았어. 너도 그때 알았겠지만, 명치를 맞으면 처음엔 숨이 끊어질 듯이 고통스럽지만 시간이 지나면 곧 괜찮아지지. 넌 눈을 감은 채 잠이 든 것처럼 가만히 있었어.

멍하니 서 있던 내가 가방에서 튕겨져 나온 물건을 주워 담아 집을 향해 걷기 시작했을 때 네 휴대폰 벨이 울리기 시작하더구나. 하지만 벨 소리가 거의 들리지 않을 만큼 내가 멀어졌을 때까지도 넌 전화를 받지 않았지. 네 엄마가 건 전화였을 텐데도…….

다음 주 내내 넌 교실에서 화가 난 얼굴로 거칠게 굴었어. 물개 일당이 말을 걸면 귀찮게 하지 말라고 쏘아붙였고, 자주 학교로 찾아오는 여자 반장의 엄마가 사 준 햄버거도 먹지 않았지.

난 네가 나한테는 눈길 한번 주지 않고 네 책상에 놓여 있는 햄버거를 방금 내가 한 꼭 그대로 종이 상자에 가져다 넣는 걸 지켜보았어.

넌 토요일 마지막 수업을 하기 전, 내가 잠시 자리를 비운 사이에, 책상에 꺼내 놓은 내 책에 쪽지 편지를 끼워 놓아 날 놀라게 했지.

'현태야. 네 아빠 얘기, 정말 가슴 아팠어. 너한테 그런 아픔이 있는 줄은 정말 몰랐어. 미안해. 내가 아무런 도움도 될 수 없다는 게 속상해. 하지만 넌 언제나 씩씩하니까 걱정하지 않아. 나도 너처럼 씩씩할 수 있었으면 좋겠어. 나와 함께해 줘서 고마워. 지훈이가.'

야, 김지훈.

솔직히 그건 마치 어린아이가 쓴 편지 같았어. 글씨가 그랬다는 게 아니라 내용이 말이야. 몇 줄도 안 되고, 별 얘기도 없이 그냥 단순했으니까.

하지만 난 낯이 뜨거워지는 이상한 기분에 휩싸였어. 당황스럽기도 하고, 미안하기도 하고, 부끄럽기도 하더구나. 그래서 수업이 끝나자마자 서둘러 학교를 떠나 버렸지. 어쩌다가 너와 눈이 마주치게 되면 어색할 거고, 그러면 엉뚱하게도 화를 내거나 뭐 그렇게 될 수도 있으니까.

그런 기분이었기 때문에, 그다음 날 오후 네가 클럽에 있는 걸 보았을 때 난 정말 놀랐어. 혹시 다른 사람을 잘못 본 게 아닌가 하고 다시 쳐다보았을 정도로.

지훈이 넌 상체와 하체 근육을 동시에 키울 수 있는 최신 운동 기구 앞에서 관장님과 다정하게 얘기를 나누고 있더구나.

네가 확실하다는 걸 다시 확인한 난 순간적으로 멈칫하며 돌아서려고 했어. 그때 나를 발견한 네가 활짝 웃으며 소리쳐 나를 불렀고, 난 달아오른 얼굴을 감추려고 얼른 허리를 숙이고는 출입구 바닥에 흩어져 있는 슬리퍼들을 정돈했어. 그리고 허리를 펴고 관장님께 인사를 했지, 너에게는 관심이 없다는 듯이.

"응, 이제 왔구나."

내가 다가가자 관장님이 말했고, 이어서 네가 다짜고짜 말했어.

"야, 우리 나가자."

"왜 나가? 지금 들어왔는데."

내가 어색한 마음에 시큰둥하게 받자 넌 마치 구원을 청하듯이 관장님을 쳐다보더구나.

그러자 관장님이 말했어.

"야, 인마. 얘 생각도 좀 해 줘야지. 너하고 놀려고 한 시간이나 기다렸어, 자식아."

"누가 뭐 기다리라고 했나……."

"그래도 그렇지. 자자, 어서 나가 놀아."

"너 과외 하러 가야 하지 않아?"

내가 너에게 말하자 네가 아니라 관장님이 말했어.

"일단 나가. 나가서 둘이서 얘기해."

그러면서 관장님은 너와 나를 밖으로 내몰았지.

네가 그날 관장님에게 무슨 얘기를 했는지 모르겠지만, 관장님은 나한테 친구라면서 네가 찾아온 게 무척 기뻤던가 봐.

계단을 내려갈 때 넌 들뜬 음성으로 내가 궁금해하고 있던 걸 말해 주었어.

"오늘 오후는 자유시간이야. 엄마한테 허락 맡았어."

엄마, 엄마!

"그래서 뭐 할 건데?"

"글쎄, 느긋하게 순대나 먹으며 한잔할까?"

내가 픽 웃자 넌 성공했다는 듯이 하하 웃고는 다시 말했어.

"그럴 거지?"

"그러지 뭐, 원한다면."

하지만 햇볕이 내리쬐는 거리로 나섰을 때 난 다른 생각을 하고 있었어. 터널 산의 그 벤치로 너를 데리고 가야겠다고.

난 그 자리에 아무도 데려간 적이 없어. 관장님조차도. 그러니까 내가 거기로 너를 데려가기로 한 것은 내 나름의 선물이었어. 결과적으로는 그렇게 하지 않는 게 좋았을지도 모르겠지만.

김지훈.

넌 정말 즐거워하더구나.

미안한 말이지만 넌 하루 종일 좁은 개집에 갇혀 있다가 풀려난 강아지 같았어. 내가 너하고 함께해 주는 것만으로 그렇게 기뻐하는 걸 보니 네가 정말로 순진한 놈이구나 싶기도 했어.

오랜만에 찾은 산은 초록 잎으로 무성했어. 멀리서도 흙냄새와 풀 냄새가 나는 것 같았지. 난 그것만으로도 마음이 편안해졌어. 철망이 쳐져 있는 게 오히려 잘된 일이라는 생각마저 들더구나. 노숙자 아저씨가 죽지 않았고 그래서 계속 개방되었으면 밤낮 사람들이 들락거려서 더 이상 나만의 공간이 될 수 없을 테니 말이야.

아파트 단지 옆 좁은 길로 빠져나가 개구멍 앞에 섰을 때 역시 겁 많은 넌 걱정스런 표정으로 물었어.

"여기 들어가도 괜찮은 거야?"

"괜찮지 않으면?"

"저기 출입금지라고 붙어 있잖아."

그래, 빨간 대각선 줄이 그어진 하얀 판자가 철망에 붙어 있긴 했지.

"그래서 좋은 거야, 자식아. 걱정 말고 따라와. 겁은 많아 가지고."

그런 다음 철망을 조금 더 벌리고 내가 먼저 안으로 들어갔고 뒤이어 네가 들어왔어.

풀이 많이 우거져 있지 않을까 했으나 그렇지도 않더구나. 철망 앞쪽도, 바로 이어지는 가파른 좁은 길도 마찬가지였어. 그러니까 그건 근래에 누군가가 풀을 베었단 얘기였고 따라서 아파트 주민들 중에 몰래 그 산을 찾는 사람들이 있다는 얘기였지.

난 앞장서서 정상 근처까지 빙 돌아서 올라갔고 넌 싱글거리며 내 뒤를 졸졸 따라왔어. 등산하는 기분을 느끼기 위하여 조금 빨리 걸었더니 금세 얼굴에 땀이 맺혔고 숨이 가빠졌는데도 넌 계속 조잘댔어.

"여기 언제 만든 거야?"

콘크리트 벽 앞에 멈춰 심호흡을 하고 있을 때 네가 물었어.

"터널 뚫으면서."

"근데 왜 출입금지야?"

"노숙자 아저씨가 뛰어내렸거든."

"죽었어?"

"응."

넌 우리 키보다 한참 높은 콘크리트 벽을 올려다보며 말했어.

"여길 어떻게 기어 올라갔지?"

"여겨서 죽은 게 아니야, 인마."

"그럼 어디야?"

"저쪽에 있어. 이제 곧 나와."

넌 조금 긴장한 표정으로 내가 가리킨 쪽을 바라보았어.

너도 알게 되었지만 그 길은 산을 비스듬히 감으며 돌아 내려가다가 세 갈래로 갈라지지. 왼쪽은 내가 드나드는 개구멍으로 가는 길이고, 오른쪽은 다가구 주택들이 빽빽이 들어서 있는 반대편 동네의 개구멍으로 가는 길이고, 가운데는 내 자리로 가는 길이야.

다시 앞장서서 산의 반대쪽 경사면으로 내려간 난 그 세 갈래 지점에서부터 널 앞장세우고 자연석으로 만들어 놓은 계단을 밟으며 아래로 내려가기 시작했어. 사람이 죽은 곳으로 간다는 것 때문이었는지 넌 점점 긴장하고 있더구나. 수시로 심호흡을 했고, 양 팔을 번갈아 가며 빙빙 돌리기도 했지. 내가 처음으로 몰래 그곳에 들어갔을 때처럼.

빽빽한 나무들을 통과하고 바로 앞에 눈부신 허공이 나타나자 멈칫하던 넌 한 손을 모자처럼 눈썹 위에 올려놓았어. 넌 조금 어리둥절한 것 같았는데, 산길이 계속 이어질 것 같은 분위기에서 갑자기 허공이 나타난 탓이었겠지.

경사지를 다 내려가 좁고 평평한 곳이 나오자 넌 벤치에 가방을 놓으며 두리번거리더니 콘크리트 난간 위 철망 너머 저 아래로, 그러니까 우리가 서 있는 바로 그 아래로 들고나는 차들을 보며 탄성을 질렀어. 거기서 노숙자가 뛰어내려 죽었다는 건 모르고서.

"이야, 시바. 여긴 완전 딴 세상이네."

네 입에서 욕이 나오는 걸 처음 들은 난 웃음을 터뜨리고 말았어.

언젠가 너에게 말했지?

잔소리꾼 우리 엄마가 자주 하는 말 중엔, 인생은 혼자 사는 게 아니라는 뻔한 소리가 있어. 엄마는 그걸 이렇게 표현했지.

"옆에 아무도 안 앉았으면 싶을 때가 있잖니? 고속버스나 기차를 타고 어디 멀리 갈 때 말이야. 하지만 그런 마음이 들 때면 거의 백발백중 뒤늦게 누군가가 나타나 옆에 앉게 되지. 그것도 나란히 앉기가 꺼려지는 사람이."

엄마 말이 맞아.

듣기 싫은 잔소리여도 옳은 말은 옳은 말이야. 너도 동의하겠지만 잔소리가 싫은 건 틀린 말이어서가 아니라 시도 때도 없이 들려와서야.

엄마의 말처럼 나의 자리에 누군가가 나타났어. 그것도 정말 함께하기 싫은 자들이. 너와 단둘이 있고 싶은 그곳에, 아니 당연히 그럴 거라고 생각한 그 자리에 생각지도 못한 불청객이.

그 애들이 나타나기 전에 넌 좀체 흥분을 가라앉히지 못하고 계속 감탄사를 내뱉었어. 넌 벤치 위에 올라서서 우리들 발아래에서 사라지고 나타나는 자동차들을 내려다보거나, 숲을 향해 두 팔을 벌리고 심호흡을 하며 좋다는 말을 되풀이했어.

"사실은 오늘 내 생일이야."

한참 뒤 벤치에 앉은 네가 말하더구나.

"그래서 자유시간을 얻은 거야?"

"응."

순간, 생일날 날 찾아온 걸 보니 너도 정말 나처럼 외톨이구나 싶어서, 난 가슴이 먹먹해졌어.

"아 참, 먹을 걸 사 오는 건데. 야, 우리 맛있는 거 먹자. 내가 사 올게."

네가 소풍 나온 아이처럼 재잘대고는 벌떡 일어섰을 때 난 멈칫했어. 그리고 네가 내게 다시 묻지도 않고 몸을 돌렸을 때에야 정신을 차리고 널 붙잡았어.

"아니야, 넌 여기 있어."

"왜?"

"넌 이 주변을 잘 모르잖아. 내가 사 올게."

난 네가 그곳에서 조금이라도 더 시간을 보내게 해 주고 싶었어. 결과적으로는 네가 가게 하는 게 좋았을 테지만, 그걸 미리 알 수는 없었으니까.

"대신 돈은 네가 내."

내가 말을 잇자 넌 환한 표정으로 얼른 지갑을 꺼냈고, 난 다시 말했어.

"농담이야, 자식아. 이따가 내려가서 한턱내. 지금은 내가 사고."

"알았어. 고마워. 어서 갔다 와. 야, 좋다!"

난 좁고 경사진 길을 뛰어올라갔어. 그리고 왼쪽 길로 가서 평소 별로 가 본 적이 없는 반대편 동네로 갔어. 내가 드나드는 아파트 쪽에는 상가가 없어서 아래로 한참 내려가야 하기 때문이었지.

그런데 그쪽도 마찬가지더구나. 가까운 곳에는 가게가 없었어. 있었지만 내가 찾지 못한 것인지도 모르지.

난 다가구주택들 사이로 난 골목길을 여러 번 돌아갔어. 미장원이 있는 골목길을 하나 더 지나자 작은 시장이 나타났고 거기에 제과점이 있더구나. 하지만 케이크가 너무 비싸서 난 카스텔라와 크림빵을 두 개씩 사고 한 번 사용한 작은 초 하나를 얻는 것으로 만족해야 했어. 그리고 구멍가게에서 캔 콜라와 라이터를 샀지.

바쁘게 움직였더니 덥더구나. 아직 본격적인 여름은 아니어도 한낮의 태양은 뜨거웠어. 게다가 골목길이 미로처럼 갑갑했어. 모든 집들이 다가구여서 더 그랬지. 좁은 길에 높은 집들이 죽 늘어서 있으니까 무슨 수로 같았는데, 길을 잘못 들어 잠시 헤맨 끝에 이윽고 철망 앞에 섰을 땐 온몸에 땀이 줄줄 흘러내리고 있었어.

난 이마의 땀을 훔치고 다시 경사로를 걸었어. 그리고 갈래 지점에서 잠시 쉬었어. 시원한 그늘과 향기로운 흙냄새와 풀 냄새에, 달아오른 내 몸이 식어 가는 느낌을 즐기면서 난 달고 시원한 약수 같은 공기를 마셨어.

난 계단을 내려가며 네가 말한 친구라는 걸 생각했어. 친구가 무엇인지, 네가 내 친구인지, 내가 네 친구인지 어느 것도 제대로 알 수 없었지만, 그 시간만큼은 네가 좋았고, 네가 고마웠어.

계단을 하나씩 내려가면서 난 네 생일을 진심으로 축하해 주고, 널 때린 걸 사과하고, 넌 정말 착한 놈이며 그래서 눈물이 많은 거라고 말해 주자고 생각했어.

지훈이 넌 아마 모를 거야. 너를 알고 너와 가까워지면서 내 속에 엄청나게 변덕스러운 인간이 살게 되었다는 걸.

그렇지? 모르지?

그런데…… 저 녀석들은 어디서 나타난 것일까?

터널 쪽 허공을 등진 네 앞에 세 놈이 삼각 편대처럼 서 있더구

나. 그건 오랜만에 보는 광경이었어. 한창 잘나가는 싸움쟁이였을 때 내가 일상적으로 맞닥뜨렸던 구도, 물론 내가 세 명에게 둘러싸여 있었지.

셋은 네가 도망칠 구멍을 틀어막고 있었어. 그건 그 애들이 그곳 지형을 좀 안다는 얘기였지. 다시 말해 걔들이 내가 드나드는 개구멍이 있는 아파트나, 방금 갔다가 온 미로 같은 다가구 동네에 산다는 것이었지.

흐뭇한 마음으로 계단 길을 내려가던 난 우뚝 멈춰 섰어. 맥이 탁 빠졌거든. 모르는 녀석들이 그곳에 끼어든 게 싫었던 거야. 이전에 그런 일은 한 번도 없었어. 아마 어른들도 애들도 나처럼 몰래 그곳에 들어왔을 테지. 하지만 내가 없을 때에야 누가 무슨 짓을 하건 무슨 상관이겠어?

화산처럼 화가 훅 치밀었어. 식어 가던 몸이 아까보다 더한 열기에 휘감겼고, 머리털이 모두 바늘이 되었어. 긴 말은 할 필요도 없었어. 아니, 말도 하기 싫었어.

"이 개새끼들이!"

난 그 말만 했어. 그러면서 뛰어 내려갔어.

세 녀석이 일제히 돌아보며 삼각 편대가 흔들리더군.

난 평평한 곳으로 내려가 속도를 늦추고 한 걸음씩 다가가며 머릿속으로 녀석들의 위치와 시선과 몸짓을 읽었어. 그중 한 놈이 전투태세를 취하고 있는 게 보이더군. 내 몸짓에서 한바탕 벌어지겠구나 하고 느낀 거지. 그렇다면 그 애는 주먹을 좀 쓸 줄 아는 놈이라는 얘기였어.

좋아, 네가 오늘 내 샌드백이야.

난 놈에게 눈길로 말했어.

그때 넌 벤치 쪽으로 몇 걸음 움직였어. 그러나 셋에게서 완전히 떨어지지 않은 채 어정쩡하게 서 있었지. 그런 너를 보며 내 속의 변덕쟁이가 심통을 부리기 시작했어. 어쩔 줄 모르고 당하고만 있는 네 꼴이 미웠다는 말이야.

난 빵과 콜라와 얻은 초가 들어 있는 비닐봉지를 아무렇게나 바닥에 던지며 다시 똑같은 말을 했어.

"이 개새끼들이!"

겁을 먹은 두 놈이 왼쪽으로 두세 걸음 후다닥 물러섰어. 그 틈을 타 난 너를 벤치 쪽으로 떠밀었고, 바보 같은 네가 비칠거리며 벤치에 엉덩방아를 찧는 걸 보고는 제일 세 보이는 그놈을 바로 공격했어.

뭐, 별 볼일 없는 자식이더군. 허리를 숙이며 위로 주먹을 뻗어 턱에 정통으로 한 방 먹여 줬더니 그냥 그걸로 끝이었어. 두 놈이 뭐라고 소리쳤으나 그 애들도 그냥 그 소리로 끝이었어. 난 그놈들의 아랫배에도 차례로 주먹을 먹여 주었지.

"이쪽으로 와. 일렬로 서."

난 세 녀석을 나란히 세운 다음 다시 배에 한 방씩 더 먹여 줬어. 이가 부러질까 싶어 일부러 얼굴은 때리지 않았던 거야.

그런데 내가 미처 몰랐던 네 지갑이 바닥에 떨어져 있더구나. 그 애들 것일 수도 있으니까 난 그걸 주워서 일단 너에게 물어봤어. 그러자 넌 고개를 끄덕였는데 그때까지도 엉덩방아를 찧은 그 자세 그대로 굳어 있었어.

김지훈. 그 순간 내가 얼마나 화가 났는지 넌 모를 거야, 아마.

"눈 감아!"

난 세 놈에게 말한 다음 너에게 다가오라고 손짓을 했어. 그리고 너에게 지갑을 돌려주고는 조용히 말했지.

"야, 이 새끼들 배때기 한 대씩 때려."

네 하얀 얼굴이 더욱 희어지더구나.

"어서."

내가 몇 번이나 다그쳤지만 넌 겁을 먹고 주저했어.

그때 한 놈이 눈을 살짝 떴고 난 즉시 그놈의 허벅지를 걸어차 주었어. 그리고 너의 귀 가까이에 입을 대고 작은 소리로 협박하듯 말했어.

"어서 해. 안 그러면 다시는 너랑 안 놀아."

넌 얼굴이 빨개졌고 안절부절못했어. 마음으로는 하자고 다짐

하는 듯 보였지만 넌 결국 하지 못했어.

너의 말대로, 내가 그때 너에게 잔인했던 건지도 모르겠어.

하지만 내가 너에게 많이 실망했던 것도 사실이야.

난 너를 옆으로 밀쳐 내고 세 놈에게 화풀이를 했어. 차례로 세 놈의 배에 주먹을 뻗자 녀석들은 도미노처럼 허리를 꺾더구나.

난 녀석들에게 소리쳤어.

"앞으로 여기 또 오면 죽을 줄 알아. 알았어?"

녀석들이 웅얼거려서 난 다시 외쳤어.

"대답 안 해 새끼들아? 또 올 거야?"

"안 올 거예요."

두 녀석이 대답하고 한 녀석이 눈물을 흘리는 걸 보고 난 소리쳤어.

"돌아서! 눈 뜨지 말고 돌아서란 말이야."

녀석들이 돌아서자 난 다시 외쳤어.

"내가 가라고 하면 × 빠지게 뛰어서 사라져. 만약 돌아보거나 이 근처에서 얼쩡거리다가 걸리면 그때는 정말 가만두지 않겠어. 알았어? 자, 가!"

녀석들이 뛰기 시작하고 두세 걸음 늦게 나도 몇 걸음 뛰었어. 그러나 계속 따라가지는 않고 계단을 몇 개 올라가서 세 아이가 순식간에 숲 속으로 사라지는 걸 보고 몸을 돌렸어.

그때 한 놈이 욕을 하는 게 들려왔지.

"야, 개새끼, 가만 안 둘 거야. 죽을 줄 알아."

지훈이 너도 들었지?

난 기분이 나빴고 화가 풀리지 않았어. 갑자기 갈증이 나서 잡초 사이에 처박혀 있는 봉지에서 콜라를 꺼내 마셨어. 넌 미안해하는 얼굴로 벤치 곁에 허수아비처럼 서서 그런 나를 바라보고 있더구나.

난 비닐봉지에서 카스텔라를 꺼내 세 입에 먹어 버렸어. 그리고 갈등하다가 또 하나를 꺼내 초를 꽂은 다음 불을 붙였어.

"돈이 없어서 케이크는 못 샀어."

난 네 생일 축하는 해 주자고 생각했어.

"응, 뭐 조, 좋……"

넌 더듬거렸고 난 네가 말을 끝낼 시간을 주지 않고 잘랐어.

"생일 축하해."

"고, 고마……"

"고맙긴 뭐. 아무래도 이게 너한테 해 줄 수 있는 마지막 선물일 것 같아. 첫 선물도 뭐도 없었지만."

내가 그렇게 말하자 천천히 밝아지고 있던 네 얼굴이 다시 어두워지더구나.

난 그런 널 똑바로 바라보며 말했어.

"잘 지내, 자식아. 귀찮아. 솔직히 난 너 같은 애들 보면 짜증나. 그런 바보 새끼들한테 당하기나 하고. 앞으로 내 가까이 오지 마. 말 안 들으면 오늘 있었던 일, 애들한테 죄다 퍼뜨릴 거야."

넌 정말 불쌍해 보일 정도로 침울해지더구나.

하지만 난 계속 말했어.

"네가 힘들다는 건 알겠어. 하지만 어쩌겠어? 대한민국에 너 같은 애가 한둘이 아닌데. 네 엄마 같은 사람도 한둘이 아니고. 길어 봐야 삼 년이야. 삼 년 뒤에 넌 좋은 대학 다니며 폼 내고 있을 거야. 여자들도 많이 따르겠지. 그때 우연히 나 만나거든 모른 척이나 하지 마. 아니, 모른 척해도 괜찮아. 설마 내가 널 때리기야 하겠어?"

넌 눈을 내리깔고 가만히 있더니 약간 떨리는 목소리로 말했어.

"넌…… 너무 잔인해."

네가 나한테 대든 건 그때가 처음이었던 것 같아.

그렇지?

당연히 그 이전에도, 너에 대해서 내가 그랬던 것처럼, 너도 내가 정말 싫고 미울 때가 많았겠지. 하지만 겉으로 드러나게 그걸 표현한 건 그때가 분명 처음이었어.

너는 떨리는 목소리로 다시 말했어.

"뭐, 뭐가 그렇게 잘났어?"

울컥 화가 치솟았지만 난 어금니를 악물며 내 속에서 터져 나오려는 뜨거운 것을 가라앉히고 말했어.

"난 잘난 거 하나도 없어. 잘난 건 너지."

김지훈, 그건 내 진심이었어.

난 벤치에서 일어나 계단을 올라가다가 멈춰 서서, 뒤돌아보지는 않고 말했어.

"어서 산에서 나가. 그 새끼들 다시 올지 몰라."

넌 아무 말도 하지 않았지.

그날 지훈이 네가 언제 산에서 내려왔는지 난 몰라. 계단 길을 오르고 비스듬히 산허리를 휘감은 좁은 길을 돌아 개구멍을 빠져나올 때까지 난 한 번도 뒤돌아보지 않았고, 내 뒤에서 네가 움직이는 소리도 듣지 못했으니까.

넌 방학을 할 때까지는 물론, 이 학기가 시작되고 나서도 내게 단 한마디도 하지 않았지. 그렇게 가을과 겨울이 지나가고 졸업을 하면 너하고는 영원히 끝일 거라고 난 생각했어. 하지만 우리 엄마의 말처럼 한번 길을 떠난 여행은 정말 좀체 끝나지 않더구나.

°**터널**을 지나면 **나는**

정말 그랬어. 지훈이 너와 나의 관계는 이제 다 끝났겠지 하면 이어지고, 다시 시작되면 또 끝나곤 했어.

내 마음도 자꾸만 변덕을 부렸지. 이제 다 끝이라는 나의 다짐은 네가 몇 발 내 곁으로 다가오는 것만으로도 힘을 잃어버렸어.

넌 우리가 왜 그랬다고 생각하니?

빛깔은 다르지만, 우리가 똑같은 외톨이여서 그랬을까?

그런 것일까?

김지훈, 너도 기억하지?

구월 둘째 주 월요일.

가는 비가 내리던 날.

하늘은 우중충한 회색이고 바람도 약간 불어서 전반적으로 구질구질하게 느껴지는 날씨였지. 교실 밖에서는 번들거리는 젖은 나뭇잎들이 바람에 흔들리고 있었고, 교실 안에서는 아이들이 엎어져 땀을 흘리며 자고 있었어.

그렇게 비슷한 세 시간이 지나고 사 교시 때, 지훈이 네가 엉뚱한 짓을 했지. 영어 수업이 좀 일찍 끝나고, 선생님이 질문을 하라고 했을 때였어. 다들 졸거나 자느라고 아무도 묻지 않자 선생님은 평소처럼 창가로 가서 뒷짐을 지고 창밖을 내다보고 있었어.

그때 네가 말했어.

"저, 선생님, 질문 있는데요."

선생님이 돌아서서 뭐냐고 하자 넌 "저……" 하고 뜸을 들이며 시간을 끌더구나. 그러는 사이에 자고 있던 아이들의 절반이 깨어났지. 그 애들을 깨우려고 네가 머뭇거린 건 아니었겠지만.

"뭐야, 김지훈?"

기다리던 선생님이 묻자 이윽고 네가 말했어.

"선생님, 사람은 왜 사는 거예요?"

그러자 애들이 와르르 웃거나 김빠진다는 소리를 냈고 그 바람에 자던 아이들의 나머지 절반도 깨어났어.

너의 질문은 내가 전혀 예상하지 못한 것이었지만 난 웃지 않았어. 중학생이 되고 나서부터 나도 줄곧 그 의문을 가지고 있었으니까.

정말 궁금해.

도대체 왜 사는 거야?

왜?

하지만 지훈이 너도 그랬겠지만, 난 아무한테서도 대답을 듣지 못했어.

수염 자국이 인상적인 영어 선생님의 대답이 기대되더구나.

그러나 기대는 흔히 실망의 다른 이름이지. 선생님 역시 이렇게 맥 빠지게 대답했어.

"무슨 질문이 그러냐?"

애들이 다시 웃었지만 넌 웃지 않더군.

우리 학교에서 가장 공부를 잘하는 두세 명 중의 하나인 네가 무표정하게 입을 꾹 다물고 있자 선생님이 말했어.

"미안하지만 그건 너무 어려운 문제야. 사실은 나도 몰라. 그건 계속 살아 봐야 알 수 있지 않을까? 인생은 긴 여행이니까."

계속 살아 봐야?

긴 여행?

그럼 오래전에 여행이 끝나 버린 우리 아빠는 뭐야?

선생님의 그 말을 끝으로 애들의 웃음소리는 조금씩 줄어들었고 수업도 끝났어.

넌 선생님이 나가고 아이들이 밥을 먹으러 가려고 서둘러 자리를 뜰 때에도 네 자리에 가만히 앉아 있었지. 아무 생각이 없는 체념한 듯한 얼굴로.

물개 패거리 몇이 네 자리로 가서 밥을 먹으러 가자고 해도 넌 아무런 대꾸도 하지 않고 창밖으로 비에 젖은 나뭇잎들만 바라보고 있었어.

"야, 그거 멋진 질문이었어. 대답을 못하는 선생님이 바보야."

뒤늦게 진짜 물개가 다가와서 까불대자 넌 버럭 소리를 질렀어.

"시끄러, 인마. 귀찮으니까 저리 가."

잘했어.

네 고함소리에 정신이 번쩍 든 나는 속으로 응원했어.

입에 발린 소리나 하는 놈들한테는 그렇게 해 주는 거야.

넌 벌떡 일어나 어리벙벙해진 물개를 밀치며 밖으로 나가 버렸지.

점심을 먹고 기가 시간에 난 손을 들었어. 선생님이 책을 펴라고 하고는 우리들을 둘러볼 때였지. 난 네가 나에게 신호를 보낸 거라고 믿고 싶었고, 따라서 너에게 대답해 줘야 한다고 느꼈던 거야.

"선생님, 질문 있어요."

"그래, 뭔데?"

"선생님, 저, 사람은 왜 살아요?"

여기저기서 킥킥대는 소리가 났고, 무슨 이유인지 얼굴이 벌게진 선생님은 이렇게 말했어.

"야, 헛소리하지 말고 네 할 일이나 열심히 해, 이 녀석아."

그래서 내가 역시나, 하며 주인에게 고개를 수그리는 하인처럼 "네~에" 하고 대답하자 선생님의 얼굴이 더욱 벌게지더구나.

너도 짐작했겠지만, 봄에 우리 학교로 온 그 젊은 선생님은 내가 장난을 친다고 생각했던 것 같아. 물론 난 결코 장난이 아니었지. 어떤 대답을 듣게 될까 궁금하기도 했고, 지훈이 너에게 메아리를 보내 주고 싶기도 했을 뿐이야.

"이리 나와."

선생님이 말했고 난 앞으로 나갔어. 1학년 봄, 학교를 떠들썩하게 하고 주먹을 접은 이후 수업 중에 처음으로 불려 나간 것이었지.

"왜 그래? 뭐야?"

앞에 서자 선생님이 다시 말했어.

당연히 난 아무 말도 하지 못했지. 사람은 왜 사는 거냐고 묻는데, 뭐냐고 하니, 할 말이 없을 수밖에.

너도 보았듯이, 선생님은 두 눈에 힘을 잔뜩 넣은 채 주먹으로 내 가슴을 가볍게 치고는 지그시 눌렀어. 강편치를 날리고 싶지만 이 정도로 참는다고 말하는 듯이.

강편치는 나도 날릴 수 있어요.

난 눈길을 내린 채 속으로 말했어.

"엉뚱한 생각 하지 말고 열심히 해."

선생님이 내 가슴에 대고 있던 주먹을 떼고 말했을 때 난 또 한 번 "네~에" 하며 고개를 수그리고 싶은 충동이 일었지만 참았어. 중요한 건 내가 너의 신호를 들었다는 걸 보여 주는 것이었으니까.

"들어가 봐."

선생님이 말했고 난 인사를 한 뒤 내 자리로 들어와 앉았어.

그런데 그때 네가 말했지, 약간 장난기가 섞인 목소리로.

"선생님, 저도 궁금해요. 가르쳐 주세요."

선생님은 당황한 눈빛으로 이리저리 둘러보다가 어색하게 하하하 웃었어. 그러고는 황급히 말했지.

"야, 혹시 이거 요즘 유행하는 거니? 자자, 이제 그만하자. 자, 책들 봐."

난 기분이 좋았어. 너와 함께 뭔가를 해낸 것 같아서.

하지만 기가 시간이 끝났을 때 넌 나를 쳐다보지도 말을 걸지도 않더구나. 넌 수업이 모두 끝나고 학교를 떠날 때까지 계속 그랬어.

난 맥이 빠졌고 기분이 나빠졌어. 단지 가을비 때문에 잠깐 심란해졌을 뿐인 너를 내가 오해한 것 같았으니까.

솔직히 그날은 정말 너와 함께하고 싶었어. 너와 함께 오랜만에 순대를 먹고, 너의 푸념을 들어주고, 네 우울증은 어떤지 물어주고, 혹시라도 네 눈에 눈물이 고이면 그것도 열심히 보아 주고 싶었어. 이런 내 마음도 가을비 탓이었을까?

넌 수업이 다 끝나자 곧장 혼자서 운동장을 가로질러 걸어가 버렸어. 이슬비로 바뀐 비를 맞으며 고개를 푹 숙인 채, 펴지 않은 긴 우산을 질질 끌고 가는 넌 정말 외로워 보였어.

다음 날에도 지훈이 넌 나를 쳐다보지 않았어. 넌 오전 수업만 하고 학교를 떠났지. 넌 그 주 내내 그랬어.

난 물개 패거리들이 하는 얘기를 엿듣기 위해 관심 없는 척하면서 근처를 천천히 지나가곤 했어. 그러면서 과학고 시험이 두 달 정도밖에 안 남았기 때문에 네가 마지막으로 특별과외를 받기 시작했다는 걸 알았지.

뭐, 저렇게 멀어지는 거지, 가을이 다가오고 있는 것처럼.

난 그렇게 생각했어.

가을이 다가오고, 가을이 지나가고, 겨울이 다가오고, 겨울이 지나가는 것처럼, 그렇게 서로의 거리는 점점 더 벌어지는 것이지. 그러다가 마침내 까마득히 잊혀 버리는 것이지.

그러자 나에게도 중학생 시절이 얼마 안 남았다는 게 절실하게 느껴지기 시작하더구나. 시간은 흐르는 것이고, 계절이 바뀌듯이 우리도 바뀌어 가는 것이니까.

하지만 난 네가 과학고를 나오고 사람들이 부러워하는 대학을 다닐 때 내가 어떤 모습일지 상상할 수 없었어.

난 매일 밤 샌드백을 두드렸어. 땀을 흘리며 어수선한 기분을 떨쳐 냈어. 심란할 때는 그게 최고니까.

난 밤중에 학교 담을 넘어 들어가 운동장 한가운데 드러누워 보기도 했어. 거기에 있으니 거리에서는 불빛 때문에 보이지 않던 별들이 또렷이 보이더구나.

그렇지만 그날, 비 오는 가을날 시작된 허전한 내 마음은 쉬 가라앉지 않았어. 아침저녁으로 스산한 바람이 불면 특히나 외롭고 쓸쓸했지.

"사람은 왜 사는 거예요?"

난 사람들에게 이렇게 묻곤 했어. 편하게 그런 말을 할 수 있는 사람들이래야 몇 명밖에 없었지만.

가늘게 찢어진 눈으로 나를 바라보며 해 준 관장님의 대답.

"상대가 주먹을 날릴 때 크로스로 펀치를 먹이는 법이라면 내가 잘 아는데 그런 건 모르겠더라. 네가 알게 되면 나도 좀 가르쳐 줘. 가르쳐 줄 거지?"

헬스클럽에서 알게 된 항상 눈웃음을 짓고 있는 예쁜 여대생 누나의 대답.

"음…… 뭐야, 그러니까 혹시 내가 한심해 보인다는 얘기니?"

오후엔 아파트 단지를 이리저리 돌아다니곤 했어. 그러다가 어둠이 내리면 길가 플라타너스 아래 서서 건너편을 바라보았지. 엄마가 카페 목련의 창가 자리에 앉아 차를 마시며 담배를 피우고 있는 모습을.

엄마는 가끔씩 웃으면서 안쪽을 향해 뭐라고 얘기했지만 대체로 바깥을 내다보고 있었어. 하지만 어둠 속에 있는 나는 보지 못했을 거야, 아마. 꼭 나를 보고 있는 것처럼 보였지만.

그리고 토요일, 난 네가 보낸 쪽지를 받았어.

'현태야, 저녁 일곱 시에 지하철역에서 보자. 그 터널 위에 다시 가 보고 싶어. 와 줄 거지? 꼭 부탁해. 지훈이가.'

낙엽이 우수수 지는 가을로 곧장 내달릴 것 같던 계절은 주춤하며 멈춰 섰지만, 저녁이 되니 이제 확실히 가을은 가을이더구나. 난 엄마와 함께 저녁을 먹은 뒤, 부드러운 얇은 천처럼 내 몸을 휘감는 밤바람을 즐기며 너를 만나러 갔어.

지훈이 넌 내가 도착하자마자 지하철역 바로 앞에 있는 주상복합건물의 어둑한 곳에서 툭 튀어나왔지. 그래서 난 깜짝 놀랐지만, 다음 순간 네 밝은 얼굴을 보자 내 맘 한구석에 남아 있던 어색한 기분이 싹 사라지더구나.

　넌 어쩐지 소풍 가는 아이처럼 들떠서 주위를 두리번거렸어. 그리고 나를 잡아끌며 말했지.

　"야, 어서 저쪽으로 건너가자."

　난 네가 시간을 아끼려고 서두르는 것이라고 생각했어.

　"나 전학 가. 이사도 가고."

　건너편 길로 나갔을 때 네가 말했어.

　"언제?"

　"다음 달 중순쯤. 이사 갈 집은 이미 마련해 뒀대."

　"갑자기 왜?"

　넌 한숨을 내쉬고 말했어.

　"과학고 떨어질지 모르니까 그렇지 뭐. 그 동네로 이사를 가야 좋은 고등학교에 배정될 수 있으니까."

　이사를 가고 전학을 간다는 말에 난 왠지 기분이 상했지만 표내지 않으려고 애썼어.

　"오늘은 어떻게 시간이 났어?"

　"곧 이사 가니까 토요일 밤에 몇 번만 친구들 만나게 해 달라고 했어. 친구래야 너밖에 없지만."

그랬던 거야?

내가 너의 유일한 친구였어?

응?

난 복잡해지려는 감정을 꾹꾹 눌렀어. 네가 이사를 가든 전학을 가든 어차피 나와는 상관없는 일이니까 그냥 지금 이 시간을 즐기자고 생각했지.

"야!"

"응?"

"전에 걔들 나타날까 봐 무섭지 않아?"

화제를 바꾸려고 말하자 네가 내 팔을 꽉 잡더구나.

그러면서 넌 말했어.

"현태 네가 있잖아."

그러자 난 다시 기분이 좋아졌어.

내가 그렇게 변덕쟁이일 줄이야 나도 미처 몰랐지.

기억하겠지만, 네가 가방에서 성능 좋은 조그만 랜턴을 꺼냈을 때 난 그걸 끄게 했어. 온통 회색 어둠이지만 길을 분간하지 못할 정도는 아니었으니까. 게다가 랜턴을 켜면 불이 비치는 그곳만 환해지고 나머지 부분은 오히려 더 어두워서 아무것도 볼 수 없지. 그렇게 되면 불빛 바깥에서 무엇인가가 튀어나올 것 같은 두려움마저 생기게 돼.

내가 앞장섰어. 밤에 찾은 적이 많았으므로 그 정도 어둠은 아무것도 아니었지.

벌레들이 맹렬하게 울어 대던 걸 기억하지? 마치 녀석들이 우리에게 인사를 하는 것 같았잖아.

녀석들은 가까이 다가가면 울음을 그쳤다가 우리가 지나가고 나면 다시 울었어. 마치 우리 발소리를 들어주기 위해 잠시 울기를 멈추는 것처럼.

그런데 왜 벌레들이 운다고 할까?

넌 아니, 지훈아?

계단 길을 내려가자 갑자기 밝은 허공이 나타나면서 발아래가 캄캄해졌어. 난 너에게 조심하라고 말하며 손바닥을 활짝 펴서 이마 위에 비스듬히 대고 빛을 가렸어. 몇 초가 지나자 깜깜해서 보이지 않던 계단과 튀어나온 돌들이 보이기 시작했고, 난 다시 조심조심 아래로 내려갔어.

"밤에 보면 더 멋있을 것 같았는데 정말 짱이다."

처음 그 자리에 섰을 때처럼 넌 감탄하며 말했지.

"한밤중엔 더 멋있어."

내가 말하자 넌 감탄과 한숨이 섞인 소리를 냈어.

"좋겠다. 나도 한밤중에 내 멋대로 이런 곳에 올 수 있으면 좋을 텐데······."

조금 지나자 넌 벤치에 깊숙이 등을 기댄 채 연거푸 한숨을 내쉬었어. 마치 벤치와 한 덩어리가 되어 버릴 것처럼.

뭐, 난 이제 너의 그런 변신이 조금도 놀랍지 않았지. 넌 별것 아닌 일에 아주 기뻐하다가도 갑자기 딴판으로 울적해했으며, 네 얼굴은 불과 몇 초 사이에 가을 하늘처럼 맑았다가 장마철 하늘처럼 회색빛이 되곤 했으니까.

하지만 너를 만나며 가만히 보니 나도 너와 크게 다르지 않다는 생각이 들더구나. 너처럼 그렇게 맑은 표정을 지을 수 없고, 너처럼 쉽게 눈물을 흘릴 수 없을 뿐, 내 마음도 언제나 롤러코스터를 타고 있었어.

"야, 터널을 통과하면 완전히 딴 세상이 있다고 상상해 봐."

난 벤치에 등을 대고 멍하니 하늘을 쳐다보고 있는 널 재미있게 해 주려고 입을 열었어.

"응?"

"터널을 지나서 딴 세상으로 갔다가 다시 터널을 통해 이 세상으로 돌아오는 거야."

그건 한밤중에 그 산을 찾을 때마다 나 혼자서 하던 놀이였지.

어둠 속에서 자주 그런 상상을 하곤 했어. 터널이 생긴 뒤 처음 그 산을 찾았을 때부터.

"야, 그거 재미있겠다. 터널을 지나서 여행을 하는 거네?"

네가 말했고 내가 맞장구를 쳤어.

"그렇지. 맞아. 네가 먼저 해 봐."

넌 잠시 가만히 있더니 말했어.

"파도가 치는 바다가 있으면 좋겠어."

"아냐. 있으면 좋겠어가 아니라 그냥 있는 거야. 정말로 있다고 상상하는 거야."

"알았어. 파도가 치는 바다가 있어. 파도…… 정말 멋져. 내 발 앞에서 하얗게 부서지고 있어. 끝없이 밀려와서 부서져. 끝없이…… 넌?"

"보리밭, 바람에 일렁이는 보리밭이 있어……."

초등학교 5학년 겨울방학 때, 엄마와 관장님과 함께 기차 여행을 하다가 보리밭을 본 적이 있었어. 내가 풀밭이라고 외치자 관장님이 웃으며 보리밭이라고 가르쳐 주었지. 난 한겨울에 그렇게 파란 '풀'이 있다는 게 믿어지지 않았어.

"…… 그 사이로 흙길이 나 있는데, 끝이 없어 보이는 그 길을 걸어가. 계속……."

"누가?"

"당연히 나지, 자식아. 뭐, 너도 함께 걸어도 돼."

넌 웃고 나서 말했어.

"드디어 그게 보이기 시작했어. 멀리서 그게 형체를 드러내."

"그게 뭔데?"

"피라미드."

"야, 멀리도 갔네."

"이집트 사막이야. 낙타를 타고 한참 가니까 마침내 피라미드가 나타나. 태양이 이글거리고, 난 낙타 등에 걸려 있는 수통을 벗겨서 물을 마셔. 시원한 물이 목으로 흘러내려. 너도 좀 마실래?"

"내가 먼저 마시고 너한테 줬잖아, 자식아."

우린 함께 웃음을 터뜨린 뒤 계속 주고받았지.

넌 마치 꿈을 꾸고 있는 것처럼 끝없이 옮겨 다녔어.

눈벌판으로……

황금빛 들녘으로……

산골 오지로……

일본으로……

시베리아로……

알래스카로……

킬리만자로로……

뉴욕으로……

파리로……

내 차례가 되어 네가 물을 마시며 쉬고 있던 어느 순간이었지. 햇볕이 있는 날 갑자기 내리는 소나기처럼 또는, 새까만 밤하늘에 갑자기 나타났다가 사라지는 별똥별처럼 또는, 잠결에 짤깍하고 들려오는 엄마가 현관문을 여는 소리처럼 문득 떠오르는 게 있었어. 그러나 난 바로 입을 열지 못하고 머뭇거렸지.

그러자 뭔가를 느낀 네가 말했어.

"안 해? 뭐 생각하는데 그래?"

"어, 해야지. 할 거야."

"어서 해 봐."

"음……"

"뭔데 뜸을 들이는 거야?"

"음…… 아빠가 살아 있는 세상."

내가 말하자 넌 입을 꾹 다물더구나.

"아빠가 살아 있으면 내 동생도 있을 거야. 엄마가 동생을 임신하고 있었는데 아빠가 죽자 충격을 받아서 유산하고 말았다니까. 음……"

얘기를 계속 이어 가 보고 싶었지만 할 수 없었어. 아빠가 살아 있는 세상이 전혀 그려지지 않았기 때문이야.

그건 어떤 세상일까?

엄마하고만 있는 집에 아빠와 동생이 함께 있는 세상, 그저 그런 것일까?

"슬프다."

내가 더 이상 말을 잇지 못하자 넌 눈물이 고인 번들거리는 눈으로 하늘을 쳐다보며 말했어. 그러고는 한참 있더니 분위기를 바꾸려고 활짝 밝은 표정을 지으며 다시 너의 터널을 빠져나갔어.

"터널을 지나……."

넌 잠시 숨을 고르고 뜸을 들이더니 벤치에서 일어나 하나하나 말을 고르며 이어 갔어.

"난 방랑길에 오른 화가야. 그림 도구와 간편한 생활도구를 넣은 배낭을 메고 떠돌아다니지. 한편으로는 그림을 배우고, 한편으로는 사랑하는 사람을 찾아서. 계절은 아름다운 가을이고 난 며칠간 황무지를 걸어 마침내 작은 마을을 발견해. 황무지 끝의 조그만 동산에 서서 멀리 있는 마을을 보지. 옹기종기 모여 있는 집들을 보니 정말 그것만으로도 행복해. 당장 달려가고 싶지만 그렇게 하지 않아. 일단 동산에 은신처를 찾아. 모든 사람들이 나를 환영하지는 않기 때문이지. 그건 오랜 방랑을 통해서 배운 거야. 처음 보는 나에게 맛있는 음식과 편안한 잠자리를 마련해 주는 착한 사람들도 많지만, 나를 괴롭히거나 납치해서 팔아넘기려는 사람들도 많거든."

넌 물을 마셨고 난 그럴듯한 너의 얘기에 제법 놀랐어. 너에게 얘기를 꾸며 내는 그런 능력이 있을 줄은 정말 몰랐으니까.

넌 헛기침을 하고 나서 얘기를 계속했어.

"입구를 찾기 힘든 작은 동굴이 있어서 그곳에 배낭을 내려놔. 그리고 마을로 통하는 작은 오솔길로 들어서. 그때야. 어디선가 여자의 외침이 들려와. 도와주세요. 도와주세요. 여기예요, 여기. 주위를 돌아보지만 어디서 나는 소리인지 알 수 없어. 청년은 이쪽저쪽 마구 뛰어다니며 여자를 찾아. 도와주세요. 여자의 애절한 외침은 계속 들려오고 있어. 하지만 소리가 나는 정확한 방향은 잡을 수 없어. 이쪽인가 하고 가 보면 뒤에서 들려오고 그쪽으로 가 보면 다시 왼쪽이나 오른쪽에서 들려오는 거지. 그래서 난……."

넌 거기서 멈췄어. 그러고는 갑자기 하하하 웃더니 말했어.

"다음 주 이 시간을 기대해 주세요!"

"뭐야, 인마. 더 얘기해 봐."

네 얘기에 빠져 있던 내가 정말 궁금해서 말하자 넌 또 하하하 웃고는 말했어.

"다음 주를 기대하라니까."

"다음 주에 정말 계속 얘기해 줄 거야?"

"정 듣고 싶다면 함 만들어 보지 뭐."

"만들다니?"

"이거 지금 막 멋대로 꾸며서 떠든 거야. 서로 사랑하게 되겠지? 그렇게 되려면 먼저 여자를 찾아야 할 거고, 그런 다음 지난 가을부터 마을을 점령하고 있는 악당들을 물리치고 그 마을의 새로운 대장이 되면서 여자와 결혼을 하는 거지."

넌 다시 하하하 웃었고, 네가 그렇게 웃으니 덩달아 기분이 좋아진 나도 함께 하하하 웃었어.

그러나 넌 곧 시계를 보았고 서두르기 시작했고, 잠시 쉬다가 길을 재촉하는 정말 방랑자처럼 가방을 등에 멨어.

그렇게 끝난다는 게 아쉬웠지만, 뭐 만족스러운 시간이었어. 너와 만나서 아무런 찜찜한 구석 없이 기분 좋게 끝나기는 어쩌면 그게 처음이었는지도 몰라.

내가 그때 무슨 생각을 했는지 넌 모르겠지?

네가 이사를 갈 때까지 무조건 너에게 잘해 주자고 생각했어. 너의 어떤 점이 내 속의 변덕쟁이를 들쑤시더라도 화내지 말고 참아 주자고.

"미안하지만 랜턴 좀 켜면 안 될까?"

시간에 쫓긴 네가 조심스레 말했고, 난 바로 내 다짐을 실천했어.

"응, 괜찮아. 많이 늦었어?"

"아니, 서둘러 가면 돼."

보통 걸음걸이의 두세 배 속도로 산에서 내려와 지하도로 들어설 때 넌 말했어.

"고마워, 현태야. 오늘 정말 즐거웠어. 너하고 만나면 항상 가슴이 뻥 뚫리는 것 같아."

"나한테 얻어터질 때도?"

기회다 싶어 말하자 넌 약간 굳어지던 얼굴에 다시 미소를 띠며 말했어.

"그건 아니야. 그건 싫어."

"야, 그때는 미안했어."

내가 재빨리 말하자 너도 바로 받아 주더구나.

"아니야. 괜찮아. 내가 많이 귀찮게 했잖아."

그때쯤 넌 점점 더 자주 시계를 들여다보고 있었어. 에스컬레이터를 타고 건너편 인도로 올라갈 때는 거의 몇 초 간격으로 들여다보았지. 그런 네가 이상하게 보였지만 난 네 '사랑하는' 엄마와의 약속 시간이 조금 넘었거나 뭐 그런가 보다고만 생각했어.

인도로 올라서자 넌, 왜 그곳으로 들어가는지 내가 물어볼 새도 없이 주상복합 건물 안으로 총알처럼 튀어 들어가며 외쳤어.

"다음 주 토요일에 또 만나자."

하지만 김지훈.

다음 주 토요일은 없었어. 그렇지? 우리에게 더 이상 그런 시간은 없었어. 넌 월요일부터 학교에 오지 않았고, 난 더 이상 너를 볼 수 없었어.

지훈이 넌 아마 이런 일이 있었다는 걸 모를 거야.

월요일 점심때, 식당에서 줄을 서 있는데 여자 반장이 나타나 누구를 찾는지 이리저리 살피며 몇몇 애들에게 뭔가를 묻더구나. 그러다가 한 애가 나를 가리키자 뚱한 얼굴로 내게 다가와 담임선생님이 부른다고 했어.

밥을 먹고 갈까 하다가 어쩐지 느낌이 안 좋아서 바로 상담실로 갔더니 담임선생님이 세련된 투피스 차림의 낯선 아줌마와 함께 있었어. 밤이고 낮이고 그림자처럼 너에게 꼭 붙어 있다는 너의 엄마와 말이야.

그리고 더욱 놀랍게도 조금 떨어진 의자에 대충 차려입은 우리 엄마가 앉아 있더구나. 네 엄마는 차분한 표정으로 나를 쳐다보았고, 우리 엄마는 노골적인 비난의 눈길을 내게 던졌지.

"거기 좀 앉아라."

내가 의자에 앉자 선생님은 무슨 영문인지 알 수 없어 어리둥절한 내게 말했어.

"이분은 지훈이 어머님이셔."

왜 그랬는지, 가슴이 뜨끔하더구나.

마치 내가 큰 죄를 짓기라도 한 것처럼.

하지만 내가 무슨 죄를 지었지?

"몇 가지 얘기 좀 할게. 부담 갖지 말고 들어줘."

네 엄마가 나긋나긋한 목소리로 말했고 우리 엄마는 팔짱을 낀 채 감독관처럼 쳐다보고 있었어.

네 엄마 얘기를 듣고서야 난 산에서 내려온 네가 왜 그렇게 자주 시계를 쳐다보며 지하철역 바로 앞에 있는 그 건물로 총알처럼 뛰어 들어갔는지 알게 되었지.

넌 거기서 과외를 받고 있었던 거야. 그런데 네가 과외 선생님께, 이사를 가기 전에 꼭 나와 함께 시간을 보내야 한다며 토요일 밤 공부를 빼 달라고 애원했다지?

내가 왜 그 자리에 불려 오게 됐는지 알게 되자 난 조금씩 화가 나기 시작했어.

네 엄마가 말을 마치자 잠시 정적이 흘렀고, 눈길을 내린 채 애기를 듣고 있던 난 눈을 치켜뜨며 네 엄마를 바라보았어.

"이름이 김현태지?"

네 엄마가 묻더군.

"네."

"지훈이는 요즘 한창 공부에 몰두해야 할 때야."

그런데 왜요?

난 속으로 말하며 다시 눈길을 내렸어.

"걔는 지금 엉뚱한 짓을 할 틈이 없는 애야."

그런데 왜 나한테 그런 얘기를 하세요?

"선생님이랑 애가 고생한다 싶어서 수업 끝날 때쯤 찾아갔더니 없더구나. 알고 보니 그 시간에 너를 만나고 있었어. 내가 얼마나 실망스러웠겠니. 그 선생님은 실수를 인정하고 용서를 빌었지만 그만두게 했어."

불쌍한 과외 선생님.

아니야, 그분은 다른 일거리도 많겠지.

"지훈이가 공부에 몰두할 수 있게 네가 좀 도와줬으면 좋겠어. 그 부탁하려고 오늘 온 거야."

그런데 우리 엄마는 왜 불려 와 있는 거예요?

고개를 들자 세 사람이 나를 쳐다보고 있더군.

솔직히 말하자면, 네 엄마는 내가 너를 꼬드긴 게 아닐까 의심하는 눈빛을 하고 있었어.

"삼 학년 들어와서 그 애가 이전과 많이 달라졌어요. 그 순하던 녀석이."

네 엄마는 담임과 우리 엄마가 들으라는 듯 말했어.

난 다시 고개를 숙이고 말았지.

넌 내가 무척 억울했다는 걸 이해하겠지?

책상을 뒤집어 버리고 싶을 정도였어. 난 거칠어져 가는 내 숨소리를 들으며 꼼짝도 하지 않고 가만히 있었어.

그때 담임이 말했어.

"애들 얘기가 일 학기부터 둘이 자주 어울렸다고 하던데."

곧 전학 가면 우리 학교랑 상관도 없어질 텐데 뭘 그렇게 관심이 많으세요?

"자주는 아니에요."

고개를 숙인 채 웅얼거리자 담임이 약간 목소리를 높여서 말하더군.

"고개 들고 알아듣게 똑바로 말할 수 없니?"

선생님은 이런 기분일 때 말이 잘되겠어요?

"나는 그렇다 치고 지훈이 어머님이랑 네 어머님도 와 계시지 않아."

선생님이 다시 말했고 난 고개를 들었어. 그러나 아무하고도 눈길을 나누지 않았어. 허공으로, 아무도 없는 빈 곳으로, 아무 관계도 아무 뜻도 없는 곳으로 시선을 던졌지.

"제가 그…… 애를 끌어들인 건 아니에요."

난 하마터면 너를 '그 새끼'라고 부를 뻔했어.

"어디까지나 그 애가 저를 따랐어요. 토요일 밤에 만난 것도 제가 아니라 그 애가 일방적으로 원한 거예요."

그런 경우에도 그놈을 배려해서 제가 절대로 안 된다며 거절해야 하는 거예요?

내 말이 끝나기 무섭게, 잔뜩 화난 얼굴로 입을 꾹 다물고 있던 엄마가 끼어들었어.

"좋아, 그동안 그 애랑 있었던 일들 모두 다 솔직하게 얘기해 봐."

엄마는 뭔가 감을 잡았던 거야.

하지만 그걸 어떻게 말할 수 있을까?

지훈이 넌 말할 수 있겠니?

아니, 말할 수는 있겠지.

하지만 설명할 수 있겠니?

난 입을 열었어. 하지만 시시콜콜 다 말하지는 않았어. 내 가슴에 오갔던 미워하는 마음과 측은한 마음 같은 건 얘기하지 않았어. 너에게서 느낀 설명할 수 없는 따뜻한 기운과 불쌍한 마음도 얘기하지 않았어. 네가 활짝 웃으며 즐거워했던 것과 눈물을 흘리며 괴로워했던 것도 얘기하지 않았어. 난 그저 간단하게, 네가 공부하는 게 힘들다면서 가끔씩 나와 어울리려 했고, 그래서 잠깐씩 시간을 가졌다고만 말했어. 몇 번인가 네가 내 동생이라고 상상해 보았다는 얘기 같은 건 절대로 할 생각이 없었어. 내가 짜증스럽고 화가 나서 너를 때린 거라든가, 네가 스스로 우울증이라며 괴로워했다는 것도 빼 버렸어. 그림자처럼 꼭 붙어 있는 네 엄마에 대해서 내가 느꼈던 반감에 대해서도 얘기하지 않았어. 중요한 건 다 빼 버렸어. 다⋯⋯.

엄마가 한결 부드러워진 얼굴로 말하더구나.

"그냥 그뿐이야?"

"네."

그러자 엄마는 바로 반격에 들어갔어.

"제가 보기엔 별일도 아닌데 그래요. 그냥 자연스러운 애들 관계 같은데."

그래, 그건 정말 별일도 아니지.

우리 엄마의 말에 너처럼 하얀, 그렇지만 너보다는 덜 하얀 네 엄마의 얼굴이 더 하얘졌고, 우리 엄마는 계속 말했어.

"이 녀석 때문에 그 애가 공부에 좀 방해가 되긴 했겠네요. 하지만 그것도 그 애가 원한 것이라니 이 애 탓은 아닌 것 같은데요. 이런 일로 학교에 불려 와야 하다니 참⋯⋯."

담임선생님이 당황한 기색으로 나서려 했으나 엄마는 재빨리 말을 이어 갔어.

"하여간 그래도 이 녀석이 댁의 아들 공부 방해한 건 사실이니까 앞으로 그런 일 없게 하죠. 그 때문에 나까지 보자고 한 거겠죠?"

엄마는 네 엄마를 똑바로 쳐다보며 말했어.

"알겠어요. 그렇게 할 테니까 댁도 아들에게 우리 애 찾지 말라고 얘기하세요. 그러시겠죠?"

난 눈길을 내린 네 엄마의 입술이 씰룩거리는 걸 보고 있었어.

"제 진의가 좀 왜곡된 것 같은데…… 하여간 이렇게 오시게 해서 죄송합니다. 전 그저 애들 일이라 엄마끼리 얘기를 나누는 게 좋지 않을까 생각했습니다."

네 엄마의 그 말에 우리 엄마는 전혀 반응을 보여 주지 않고 담임선생님에게 말했어.

"그럼 이걸로 대충 된 것 같은데, 그렇죠?"

담임선생님은 난처한 표정으로 멋쩍은 미소를 지었어.

"제가 지훈이 어머님 요청대로 현태 어머님을 부른 건 저도 그게 좋겠다고 생각해서였으니 불편하셨더라도 이해해 주십시오. 어른들이 만나서 말끔하게 정리할 수 있으면 그게 최선이니까요. 보통 애들 사이의 이런 일은 자꾸 반복되는 경향이 있고, 그러다

보면 나중에 어른들 간에 진짜 감정이 상하게 되고 그렇거든요.
두 분은 아니겠습니다만……."

"네, 이해합니다. 다 내 새끼가 못난 놈이어서 그렇죠."

엄마가 그렇게 말하며 일어서자 담임과 네 엄마도 덩달아 일어
섰어.

"넌 안 일어나니? 점심은 먹었어?"

엄마가 불쑥 내게 말해 고개를 젓자 엄마는 짜증스런 목소리로
덧붙였어.

"그럼 빨리 일어나, 이 녀석아. 점심 먹어야지. 굶을래?"

"그래, 그만 가서 밥 먹어."

담임이 거들었고 난 일어서서 아무에게도 인사를 하지 않고 나
와 버렸어.

그날 늦은 오후.

헬스클럽에서 청소를 하고 있는데, 내가 거기 나가는 걸 어떻
게 알았는지, 당연히 지훈이 네가 가르쳐 줬겠지만, 네 엄마가 찾
아와서 난 깜짝 놀랐어.

뭐랄까, 첫 순간엔 무서웠고 그다음엔 화가 치밀었지.

네 엄마는 현관에 서 있었고, 관장님이 나를 불렀어.

네 엄마를 알아보고 가슴이 철렁한 난, 네 엄마가 또 뭔가 듣기

싫은 소리를 하면 더 이상 가만히 있지 않겠다고 마음을 다졌어.

하지만 네 엄마는 온화하게 웃고 있더구나.

정말 밝고, 편안하고, 예쁜 표정으로.

김지훈, 네 엄마는 너를 대할 때도 항상 그런 얼굴이니? 그래서 하기 싫은 걸 억지로 시켜도 거부하지 못하는 거니?

네 엄마는 내가 인사를 하자 이렇게 말했어.

"아깐 정말 미안했어. 이해해 줄 거지?"

내가 머뭇거리자 네 엄마가 환하게 웃으며 다시 말했어.

"그래, 이해해 주는 걸로 믿을게."

그런 다음 네 엄마는 서둘렀어. 지훈이 너처럼, 너의 그림자인 네 엄마 역시 시간에 쫓기고 있었던 거야.

"이건 미안함의 표시니까 어머니랑 맛있게 먹어."

그러면서 네 엄마는 잘 포장한 고급 케이크를 놓고 갔어.

"케이크 하나 사려고 호텔까지 갔다 왔나 보네…… 쳇!"

이건 그 케이크에 대해서 우리 엄마가 보인 반응이야.

김지훈.

넌 더 이상 학교에 나오지 않았어.

다음 날에도 그다음 날에도 넌 계속 나오지 않았어.

난 네가 총알처럼 뛰어 들어간 주상복합 건물 앞에서 몇 번 서

성거리곤 했어. 하지만 너를 태우고 다니던 은은한 하늘색 갈치비늘 광택 승용차도 너도 보이지 않더구나. 네 휴대폰으로 전화를 해 볼까 생각하기도 했어. 하지만 애들 얘기가 네 전화번호가 없어졌다고 하더라.

내가 왜 널 찾았는지는 잘 모르겠어. 아마도 그저 잘 지내라고, 힘내라고 마지막으로 말하고 싶었던 것 같아. 내가 할 수 있는 말은 그것뿐이었으니까.

하지만 난 그렇게 하지 못했어. 너를 만날 수 없었고, 네가 나를 찾지도 않았기 때문이지.

그렇게 단절된 채 이 주가 지난 뒤, 난 슬슬 널 욕하기 시작했어.

말했지? 널 만나면서 내 속에 지독한, 아주 지독한 변덕쟁이가 자라게 되었다고.

떠나면 돌아보지도 않을 새끼가, 친구라고?

내 속의 그 녀석은 사라진 너를 향해 이렇게 말했지.

가을이 깊어 갔고, 샌드백을 두드리는 시간은 늘어났어. 엄마는 더더욱 과묵해진 내 눈치를 살피곤 했어. 몇 번 비가 내린 뒤 나뭇잎들은 빠르게 빨갛고 노랗게 물들어 갔는데, 아파트의 노란 은행잎들이 바람을 타고 찻길 건너 골목까지 날아가기도 했지.

그러는 사이에 너도 조금씩 내 마음에서 지워져 갔어. 따라서 더 이상 욕을 할 필요가 없었지.

가을이 끝나갈 무렵, 겨울이라고 해도 좋을 어느 날 오후, 엄마는 폼 나는 트렌치코트에 머플러를 두르고, 난 관장님이 사 준 털 달린 진 재킷을 입고, 둘이서 한강변을 산책하고 있을 때, 난 오랜만에 너를 생각했어. 다른 엄마들처럼 나를 잘 지원해 주지 못해서 미안하다는 엄마의 말 때문이었지. 그때 난 잠시 케이크를 들고 나를 찾아온 네 엄마와 하하하 웃을 때의 너를 떠올렸어.

고등학교 입학식 때도 난 너를 생각했어. 네가 어디에 있는지, 어느 학교에 들어갔는지 궁금해하면서.

봄이 지나고 여름이 지나면서, 넌 가끔씩 그런 식으로 나를 찾아왔어. 마치 네가 꾸며서 얘기해 준, 터널을 지나 사랑을 하는 그 방랑자처럼, 생각지도 못한 어느 순간 불쑥 얼굴을 내밀었지. 때로는 밝고 하얀 얼굴로…… 때로는 지치고 우울한 표정으로…….

그러면 내가 어떻게 했는지 알아?

처음엔 너처럼 웃어 주고, 그다음엔 욕을 해 줬어.

처음엔 웃음을, 그다음엔 욕을!

알겠어, 자식아?

° 내 등에도 날개가 있다면

김지훈.

넌 어떻게 생각하니? 이런 게 바로 인생이라는 것일까?

정말, 세상은 네가 원하지 않는 일들로 가득 차 있는 것 같지 않니?

"왜 그래요? 무슨 일이에요?"

의중을 떠보려고 내가 입을 열었을 때였다.

그들이 기습적으로 작전을 개시했다. 내 왼쪽 시선의 끝자락에 겨우 걸쳐 있던 한 놈이 갑자기 달려들었다. 반사적으로 몸을 돌려 방어 자세를 취했다. 그러자 그 장발이 무방비로 노출된 나의 오른쪽 옆구리에 강력한 킥을 날렸다.

그건 틀림없이 미리 준비해 둔 각본에 따른 것이었다.

비겁한 새끼들.

나는 숨이 막혔고, 허리가 꺾였다. 아파할 틈도 없었다. 자세를 잡고 전투에 들어갔으나 사방에서 놈들이 달려들어 정신이 하나도 없었다. 나는 초장부터 엉망진창으로 얻어맞고 말았다.

옆구리에 받은 충격 때문에 힘을 쓸 수가 없었다. 나는 이제 곧 항복의 몸짓을 보여 주고 싸움을 끝내자고 생각했다. 분하지만 어쩔 수 없었다. 공격을 포기하자 더 많은 주먹과 발이 날아들었다.

그래, 쳐라, 쳐!

오늘은 내가 네놈들 샌드백이다.

마음껏 쳐라!

그런데…… 지훈이는 어디 있지?

나는 조금 줄어든 주먹세례를 피하며 살펴보았다. 지훈이가 장발에게 따귀를 맞고 있는 게 보였다. 나는 반사적으로 온 힘을 다하여 그쪽으로 튀어가 장발의 옆구리에 주먹을 뻗었다.

장발은 줄이 끊어진 꼭두각시 인형처럼 허리가 폭 꺾였다.

희열감이 온몸을 휘감았다.

그러나 불과 몇 초 동안의 행복이었다.

누군가가 내 등을 갈겼고, 희열감에 휩싸였던 온몸에 찌리릿 전기가 흘렀다. 나는 쓰러지면서 옆으로 굴렀다. 발길질이 날아들었다. 개새끼, 썹팔놈 같은 소리로 귀가 왕왕 울렸다. 나는 두 팔로 머리를 감싸고 몸부림치며 기다렸다.

"그만해요, 그만!"
지훈이가 울부짖는 소리가 들려왔다.
"야, 이 개새끼들아! 다 죽여 버릴 거야, 다!"
그 녀석이 이런 소리도 했다.
하지만 거의 우는 것 같았다.
나는 내 몸으로 날아드는 발길질의 조그만 틈을 이용하여 재빨리 옆으로 구르며 일어서려고 했다. 그때 누군가가 또 한 번 내 등을 가격했고 나는 또 쓰러졌다. 다리를 쳐들어 발뒤꿈치로 내리찍은 거라고 생각되었다.

그때였는지 한참 더 맞고 난 뒤였는지 나는 처음으로 정신을 잃었다. 그리고 다시 의식이 돌아왔고 금세 또 의식을 잃었다. 그러기를 몇 차례 반복했는데 그 간격은 알 수 없었다.

시간이 툭툭 끊어지는 것 같았다.
툭……

툭……

툭……

그 사이로 욕설이 들려왔다.

개새끼……

씹새끼……

지훈이의 울음 섞인 고함소리도 들려왔다.

그만해요, 그만해!

그리고 모든 게 점점 느려졌고 점점 멀어져 갔다.

하나둘 없어지더니 모든 게 사라져 버렸다.

처음엔 물속 같았다. 나는 물 아래 바닥에 누워 있었다. 까마득한 멀리서부터 쏴아, 쏴아 소리가 들려왔다. 자동차가 질주하는 소리였겠지만 나는 먼 곳에서 들려오는 파도 소리로 들었다.

나는 그 파도 소리를 들으며 한참 동안 가만히 드러누워 있었다.

나는 천천히, 처음으로 두 발로 선 아이처럼 조심조심 눈을 떴다. 검은 나뭇가지들이 보였고, 그 사이로 맑은 밤하늘이 보였다. 별도 몇 개 보였다.

가만히 기다리자 막혔던 귀가 갑자기 뚫린 것처럼 풀벌레 소리가 한꺼번에 들려왔다. 나는 다른 소리가 들리지 않는지 귀를 기울였다. 터널을 통과하는 자동차 소리밖에 들리지 않았다. 사람

소리는 없었다.

그런데…… 지훈이는?

갑자기 왼쪽 눈에 격심한 통증이 일었다. 송곳 같은 것으로 쿡 쑤신 것 같았다. 터져 나오려는 비명을 간신히 삼키고 오른손을 들었다.

물속에서처럼 내 팔이 무거웠다. 나는 그 무거운 팔을 끌고 가서 내 눈을 만졌다. 통증이 일었던 왼쪽 눈이 퉁퉁 부어 있었다.

이제 어떻게 해야 하지?

한창 싸움꾼이었을 때도 나는 그렇게 심하게 맞아 본 적이 없었다. 게다가 완전히 초전박살이었다. 나는 제대로 싸워 보지도 못하고 당하기만 했다.

그런데 이상했다. 누군가를 죽도록 때려 줬을 때와 달리 마음은 오히려 편안했다. 분하지도 않았고 화도 나지 않았다. 나는 심호흡을 하면서 그 이상한 평화를 가슴속 깊숙한 곳까지 밀어 넣었다.

문득 따뜻한 방에 있으면 좋겠다는 생각이 들었다. 그 생각이 떠오르고 보니 지금 당장 내 방으로 가서 드러눕고 싶어 미칠 것 같았다. 나는 곧장 터널을 지나 내 방으로 들어가 가볍고 포근한

솜털 이불을 덮고 눈을 감았다.

금세 온기가 퍼지며 온몸이 축 늘어졌다. 몇 초만 지나면 잠이 들 것 같았다. 그러나 그때 내 속의 다른 내가 경고를 보냈다.

야, 김현태. 이러고 있을 때가 아니야, 자식아. 어서 움직여야 해. 집으로 가야 해.

나는 흠칫 하며 눈을 떴다. 그리고 잠들지 않으려고 애쓰며 조금씩 몸을 움직여 보았다. 왼팔, 오른쪽 다리, 왼쪽 다리, 허리, 양쪽 갈비뼈, 목, 모두 아팠지만 치명적인 고장이 난 것 같지는 않았다. 나는 잠시 숨을 고르고 바닥에 배겨 아픈 등을 떼기 위해 왼쪽으로 몸을 조금 돌렸다.

그러면서 눈을 감았다. 아니, 저절로 눈이 감겼다. 그리고 어두운 망막 속에 뭔가가 남았다.

나는 다시 눈을 떴다. 그 뭔가가 바닥으로부터 벌떡 솟아오르더니 내 쪽으로 움직였다. 나는 깜짝 놀라 몸을 움츠렸다. 온몸에 소름이 돋았으며 심장이 요동치기 시작했다.

"깼어? 괜찮아?"

그 뭔가가 말했다. 그건 어둠 속에서도 하얀 빛을 내는 지훈이의 얼굴이었다.

나는 놀란 가슴을 쓸어내리며 연거푸 다섯 번이나 심호흡을 했다.

"깜짝 놀랐잖아, 자식아."

입을 열자 이상하게 변한 내 목소리가 들려왔다.

"어, 미안, 미안. 그런데 괜찮아?"

"괜찮을 리가 있겠어, 바보야? 그래도 죽지는 않은 것 같네."

나는 느릿느릿 말했다. 혀와 입술이 빨리 움직여지지 않았다.

내 말에 녀석이 킬킬 웃었다.

"넌 괜찮아? 다친 데 없어?"

"응. 좀 아프지만 견딜 만해."

"그놈들은?"

"갔어. 도망쳤어."

"도망쳐?"

"응."

녀석이 다시 킬킬 웃었다.

도대체 이놈이 왜 웃는 거지?

"웃기지 마. 웃으니까 아파."

"아, 미안, 미안."

걱정했던 녀석이 다친 데도 없는 것 같고 또 밝아 보여서 안심이었다. 하지만 녀석의 기분이 어떤 것인지는 정확히 알 수가 없었다. 어쨌든 울고 있지 않아서 다행이었다.

"넌 많이 안 맞았어? 걔들 간 지 얼마나 됐어?"

내가 조그만 소리로 묻자 녀석이 대답했다.

"좀 맞았어. 하지만 괜찮아. 한 십 분쯤 됐어. 갑자기 달아나더라."

내가 죽었다고 생각한 걸까?

녀석이 계속 말했다.

"깨울까 하다가 그냥 뒀어. 잠시 자는 게 좋겠다고 생각했어."

"그래, 잘했어. 어디 아픈 덴 없어?"

나는 다시 물어보았다.

"응, 난 괜찮아. 그냥 좀 아파."

나는 드러누운 채 녀석의 얼굴을 살펴보았다. 한쪽 뺨이 좀 부은 듯했으나 다른 상처는 보이지 않았다.

녀석이 계속 말했다.

"그런데 맞아 보니까 별거 아니더라. 나중엔 나도 쳤어. 몇 대밖엔 못 때려 줬지만."

녀석이 들떠서 킬킬거린 게 그 때문인 듯했다.

"축하해."

내가 말하자 녀석이 태연하게 받았다.

"고마워."

나는 웃음을 터뜨리다가 통증 때문에 급히 멈췄다.

"아아……"

"아파?"

식은땀이 났고 금세 온몸이 싸늘해지는 것 같았다. 다시 따뜻한 방과 포근한 이불 생각에 미칠 것 같았다.

"네 휴대폰 그대로 있어?"

나는 서둘렀다.

"응. 그 새끼들 내 물건엔 손 안 댔어. 기본 양심은 있는 놈들이었어."

그건 양심이 아니라 교활함이겠지. 물건에 손을 댔다간 붙잡힐 수 있을 테니까.

"나 병원에 가야 해. 못 걷겠어. 헬스클럽 관장님한테 전화해줘."

몸이 점점 무거워지고 있었다. 통증도 심해졌다. 눈의 통증이 제일 심했다. 송곳으로 쿡쿡 찌르는 것 같은 통증이 자주 일어났다. 처음엔 몰랐는데 왼쪽 무릎도 꽤 아팠다. 그곳에서 열이 나고 있는 것 같았다.

지훈이가 머뭇거렸다.

"전원 넣으면 엄마 전화가 올 거야."

불쌍한 놈.

녀석에겐 주먹세례보다 엄마가 더 무서운 존재였다.

그러면서도 가출을 한 게 기특할 지경이었다.

나는 전화기를 넘겨받아 전원을 넣었다. 밀려 있던 문자가 쏟아져 들어왔다. 얼른 관장님 휴대폰 번호를 눌렀다.

"어디야? 목소리가 왜 그래? 무슨 일이야?"

관장님이 소리쳤다. 그 소리 사이로 클럽의 음악 소리가 조그맣게 들려오고 있었다. 작은 소리인데도 이상하게 또렷이 들렸다.

"터널 위에 있어요."

"거긴 왜? 무슨 일이야?"

관장님은 숨이 넘어갈 것 같았다.

"일일구 좀 불러 주세요."

"뭐? 도대체 무슨 일이야?"

"어서요."

궁금하면 어서 오시라니까요.

나는 전화를 끊고 바로 전원도 끊었다.

"많이 아파?"

지훈이가 걱정스런 목소리로 물었다.

이제야 내 꼴이 제대로 보이는 모양이었다.

"괜찮을 거야. 그래도 모르니까 내 맘대로 움직이지 않는 게 좋겠어. 넌 어쩔 거야?"

"나도 너랑 병원에 가면 안 돼? 여기저기 아픈데."

"그다음엔?"

녀석은 땅이 꺼지라고 한숨을 쉬었다.

"집에 들어가. 그럴 거지?"

"응. 그럴게. 고마워, 현태야."

녀석은 그렇게 말하고 내 곁에 나란히 누웠다.

"저 위에 봐. 뭔가가 보일 거야."

녀석이 말했다.

빽빽한 나뭇가지 사이에 작은 것들이 움직이고 있었다. 한 번도 눈여겨본 적이 없는 풍경이었다. 새들이었다. 무슨 새인지는 알 수 없었다. 체구가 작은 새였다. 서너 마리가 이 가지에서 저 가지로, 저 가지에서 이 가지로 오가고 있었다. 자기들만이 아는 터널을 들고나는 놀이를 하고 있는 것 같았다. 들어가고 나가고, 들어가고 나가고…….

나는 잠들지 않기 위해서 생각하기 시작했다.

내 등에도 날개가 있다면……

작은 날개라도……

지상에서 고작 삼사 미터만 날 수 있는 날개라도……

그 정도만이라도 둥둥 떠오를 수 있다면……

그래서 힘들 때마다 날아오를 수 있다면……

괴로울 때마다 둥둥 떠오를 수 있다면……

삼사 미터만 떠올라도 바보들에게 맞을 일은 없겠지……

그 위에서 바보들을 내려다보는 거야……

그 애들이 풀쩍풀쩍 뛰면서 나를 치려고 하는 걸……

그러면서 킬킬킬 웃는 거야……

특히 키가 크고 점프력이 좋은 놈의 주먹이 내 엉덩이를 기분 좋게 살짝 스칠 때는……

하하하……

"즐거워 보이지?"

꿈결에서처럼 지훈이의 목소리가 들려왔다.

"응, 그래."

"부러워."

"우리도 놀고 있잖아."

"맞아. 현태야?"

"응?"

"고마워."

"고맙다는 말 자꾸 하지 마."

"그래도."

"우리 나중에 진짜로 여행 떠나자. 네가 말한 대로."

"야, 너도 그거 생각하고 있었구나, 잊지 않고."

"응."

"멋진 여행이 될 거야, 아마."

"그래."

잊고 있었던 풀벌레 소리가 다시 들려오더니 이어서 내 이름을 부르는 관장님의 우렁찬 외침이 들려왔다.

들것에 실려서 산에서 내려오니 기분이 좋았다. 119 아저씨들은 힘들었겠지만 나는 행복감마저 느꼈다. 부축을 받아서 걸어 내려온 지훈이도 같은 119 구급차에 탔다. 나는 누워 있었고, 지훈이는 앉아 있었다.

그때부터 시간이 빨리 지나갔다.

응급실 의사 선생님이 침대에 누운 나를 여기저기 만지고, 이렇게 해 보라 저렇게 해 보라 시키면서 이상이 없는지 살폈다. 엑스레이와 시티도 찍었으나 다행히 부러진 곳은 없었다.

그러나 아픈 눈을 검사한 안과 의사는 눈을 심하게 다친 것 같다면서 부기가 빠지면 정밀 검사를 하자고 했다.

나는 흙과 피로 더러워진 옷을 벗고 여자 간호사에게 몸을 맡겼다. 나는 쑥스러웠으나 간호사는 즐겁다는 듯 능숙하게 더러운 곳을 닦고, 상처를 소독하고, 거즈를 대고 반창고를 붙이고, 엉덩이에 여러 대의 주사를 놓고, 그 자리를 잠시 문지른 다음 살며시 웃으며 빨리 나으라고 말했다.

나도 따라서 미소를 지었지만 얼굴이 부어 있어 표도 나지 않은 것 같았다.

병실로 옮긴 나는 상쾌한 냄새가 나는 환자복을 입었으며, 아까 그 간호사로부터 또 한 방의 주사를 더 맞았다. 간호사는 그러면서 잠을 푹 자라고 했는데 정말 몇 분도 안 되어 폭포 같은 졸음이 쏟아지기 시작했다.

"지훈이는요?"

나는 잠들기 전에 확인하고 싶었다.

"치료하고 있어."

관장님이 말했다.

"이 와중에도 그놈 걱정이냐?"

엄마도 한마디 했다.

"푹 자라. 괜찮아질 거야."

관장님이 말했다.

"예. 잘게요."

눈을 감자 엄마의 목소리가 들려왔다.

"어이구, 못난 놈. 허구한 날 애들 코피 터뜨리고 다니더니 오늘은 아주 제대로 당했구나. 대체 무슨 일로 이 꼴이냐?"

내가 원한 게 아니었어요, 엄마…….

나는 속으로 말했다.

엄마가 원하지 않았는데도 '그 남자'는 죽었잖아요…….

내가 원하지 않았는데도 아빠는 죽었잖아요…….

그게 인생이라면서요…….

"여러 놈이 덤비면 어쩔 수 없어요. 이 정도도 선방한 거예요."

나의 사부, 강준영 관장님이 나를 변호해 주었다. 관장님은 나한테 들어서 일이 어떻게 된 것인지 대충 알고 있었다.

엄마는 한숨을 푹 내쉬고는 말했다.

"십 년 뒤에 네가 어디에 있을지 생각해 봐."

네, 그럴게요…….

천천히……

먼저 잠 좀 자고……

나는 일 초 일 초 잠의 바닥으로 가물가물 내려가고 있었다.

그때 바깥이 소란스러워졌다. 가라앉고 있던 내 머리를 누군가가 위로 확 잡아 뺀 것 같았다. 분명 다투는 소리였다.

관장님이 나갔고, 이어서 엄마도 나갔다. 눈을 뜨지 않고 소리만으로도 두 사람의 움직임을 알 수 있었다. 잠시 엄마의 거친 목소리가 들려오더니 곧 조용해졌다.

얼마쯤 지났을까, 병실 문이 열리는 소리가 들렸다. 꿈일지도 모른다고 생각하며 간신히 실눈을 떴다.

먼저 지훈이가 보였고, 그 뒤로 지훈이 엄마도 보였다. 지훈이는 돌아서더니 엄마를 내보내고 문을 닫았다.

거기서 눈이 감겼다. 뜨고 있고 싶었지만 이젠 뜰 수가 없었다. 온몸이 잠의 호수에 잠긴 채 두 귀만 수면 밖으로 내놓고 있었다. 그것마저 조금씩 수면 아래로 내려오고 있었다.

미안하다고 말하는 소리가 희미하게 들려왔다.

"정말 고마워, 현태야."

좀 더 또렷하게 녀석의 말소리가 들려왔다.

이어서 다시 흐릿해진 녀석의 목소리가 들려왔으나 무슨 말인지는 알아듣지 못했다.

녀석이 두 손으로 내 손을 꼭 잡고 그대로 있었다.

"잘 자, 현태야. 나중에……"

녀석의 말이 몇 마디 더 이어졌지만 나는 알아듣지 못했다.

문득 지훈이가 내게 주려고 한 선물이 무엇인지 궁금했다. 그러나 나는 더 이상 입을 움직일 수 없었다. 그 궁금증과 함께 녀석에게 물어보고 싶은 말도 있었다.

도대체 이 모든 소동의 의미는 뭐지?

넌 알아, 김지훈?

내 손을 감싸고 있던 녀석의 두 손이 떨어져 나가기 시작했고,
그와 함께 수면 밖으로 간신히 나가 있던 내 귀도 잠의 호수 아래
로 완전히 잠겨 들었다.

이제 나는 몸도 정신도 온통 잠이었다.

° 강가에서

이 월이다.

방학이 끝나 가고 있다. 내 코앞에서 강물이 흘러가고 있고, 강물보다 더 가까운 길 위로 사람들이 지나가고 있다. 나는 강가 벤치에 앉아서 흐르는 강물과 함께 그들을 본다.

쌀쌀하지만 많이 춥지는 않다. 바람 한 점 없는 한낮이라 햇빛의 온기마저 느낄 수 있다. 한참 그 빛을 받고 있으니 등이 따뜻하고 포근하다. 겨울도 이미 조금씩 떠나가고 있다.

누가 그렇게 하라고 시키기라도 한 것처럼, 사람들은 회색 아스팔트 위를 끝없이 지나가고 있다. 자전거를 타고, 인라인스케이트를 타고, 그냥 걸어서, 그들은 어디론가 계속 가고 있다.

강물이 흘러가듯이……

겨울이 살금살금 떠나가고 있듯이……

그들처럼 나도 어디론가 가고 있다.

조금씩 사라져 가고 있는 겨울처럼……

쉬지 않고 꿈틀꿈틀 흘러가고 있는 강물처럼……

엄마도 가고 있고, 관장님도 가고 있고, 지훈이도 가고 있고, 지훈이 엄마도 가고 있다.

그러나 오직……

나의 아빠만은 흐르지 않고……

나의 아빠만은 떠나가지 않는다…….

아빠만은 가만히 그곳에 있다.

오래전에 떠나가 버린 아빠만은 웃으면서 가만히 있다.

강물처럼 계속 흘러가고 있는 우리를 가만히 보고 있다.

웃으면서 가만히 보고 있다…….

아빠.

저예요, 현태.

처음으로 아빠에게 말을 걸어 보네요.

뭐, 괜찮군요.

예, 괜찮아요.

하고 싶은 말이 많지만 오늘은 이 얘기만 할게요.

저의 눈 얘기.

앞으로 자주 다른 많은 얘기를 하게 될 테니까요.

퇴원하던 날 전 실감했어요. 정말 한쪽 눈이 잘 보이지 않았죠. 의사 선생님 얘기대로 초점도 잘 잡히지 않고 눈앞에 뭘 대 놓은 것처럼 갑갑했어요.

아니에요. 걱정 마세요. 지금은 많이 나아졌으니까요. 이젠 꼬불꼬불 흐르는 강물도 또렷이 볼 수 있고, 그 위에서 함께 꼬불꼬불 춤추는 햇빛도 충분히 즐길 수 있어요.

이전처럼 모든 걸 볼 수 있어요. 안 보이는 건 아무것도 없어요. 하지만 또렷이 보이진 않아요. 그래서 자주 꿈을 꿀 수 있게 되었어요.

그건 대단하지만 간단한 거예요. 잘 보이는 쪽의 눈을 감으면 금세 꿈속에 들어와 있는 것 같아지니까요.

마치 터널을 지나간 것처럼, 그 눈으로 전 다른 세계를 봐요.

한겨울의 푸른 보리밭을……

둥둥 하늘에 떠 있는 나를……

환하게 웃으며 가만히 우리를 보고 있는 아빠를……

저는 그런 눈을 하나 갖게 되었어요.

네, 맞아요.

그건 오직 나만의 눈이에요.

나만의 눈.

나 혼자만이 가지고 있는 나만의 눈······.

그런데 아빠, 이건 얻은 것일까요, 잃은 것일까요? 이게 요즘 저의 화두예요.

잘 계세요, 아빠.

이제 자주 찾고, 자주 말을 걸게요. 자주······.

김지훈, 잘 지내고 있니?

네가 더 잘 알겠지만, 넌 그날 밤 바로 병원을 옮겼어. 당연히 너희 동네의 병원으로 갔겠지? 다음 날 관장님이 가르쳐 주더구나. 네가 간밤에 떠났다고.

병실로 경찰이 왔어. 내가 얻어터진 걸 조사하기 위해서가 아니라, 가출한 너 때문에. 널 찾아 나섰던 그 경찰이었지. 그 아저씨랑, 네 엄마랑, 학교랑 등등, 모든 게 잘 정리되었기를 바랄 뿐이야.

넌 어떻게 했는지 모르겠지만 난 일주일간 입원을 했어. 그동안 담임선생님이 다녀갔고, 반 아이들도 몇 녀석 왔다가 갔어. 고등학생이 된 이후 나는 나름대로 공부를 해 보려고 애쓰고 있었거든. 더 늦기 전에, 내가 공부를 좀 하는 애인지 아닌지 그것만이라도 확인해 보려고 말이야.

몇 번 듣기 싫은 잔소리를 했지만 웬일인가 싶게 내내 담담하게 대하던 엄마가 하루는 울음을 터뜨렸어. 한밤중의 일이었지. 잠결에 무슨 소리를 듣고 어지러운 영상으로부터 빠져나오니 엄마가 울고 있었고 관장님이 그런 엄마를 달래고 있었어.

엄마는 외로워서 운 거겠지?

관장님이 곁에 있는데도……

그런데도 외로워서……

그렇다면 관장님도 외롭지 않았을까?

엄마를 품에 꼭 안고 있으면서도.

병실 벽시계의 바늘이 10시 5분을 가리키고 있었고, 엄마는 아주 오랫동안, 내가 지겨워서 하품을 할 때까지 계속 관장님의 품에 안겨 있었어.

난 아빠 꿈을 꿀 수 없을까 생각하면서 다시 잠이 들었지…….

잘 지내, 김지훈.

난 너를 이해하려고 나름으로 애썼어. 아직도 넌 내게 안개 속에 있는 녀석이지만, 네 덕분에 오히려 나를 많이 알게 되었지.

약속한 대로, 언젠가 우리 함께 여행을 떠나자. 언젠가, 네가 좋아하는 말로 '나중에'…….

그때 네 얘기를 들려줘. 네가 본 나를 얘기해 주고, 네 자신이
알고 있는 네놈 얘기를 들려줘. 사이가 나쁘다는 네 엄마와 아빠
에 대해서도. 이건 네가 나에게 진 빚이야.

그러니까 김지훈.

죽지 마!

알았어, 자식아?

소나기가 오지 않은 **어떤 가을날**

가을볕이 따사롭다. 대기에 투명한 명주실이 가득 차 있는 듯하다. 근래에 지어진 한 아파트 단지를 거닌다. 도로도 가로수도 잔디도 잘 정비되어 있는 멋진 곳이다. 평일에다 오전이어서 그런지 인적 드문 공원 같다. 백양사로 드나드는 고요하고 평화로운 길도 생각난다.

하지만 나는 고요와 평화를 느끼려고 이곳을 찾은 게 아니다. 지인에게서 전해 들은 문제의 동을 마주하니 심장이 벌렁거린다. 심호흡으로 마음을 가라앉히고 천천히 한 바퀴 돈다. 작은 노트로 햇살을 가린 채 까마득한 꼭대기를 올려다보다가 어떤 흔적을, 예컨대 가지가 부러진 나무라든가 파인 잔디밭 같은 것을 찾으려고 화단으로 고개 숙이기를 반복한다.

그러나 아무것도 없다. 허공은 당연히 그럴 것이지만, 대지에도 이미 아무런 흔적이 없다. 주민들의 정신적 안녕을 위해서, 안개처럼 불안이 퍼져 나가기 전에, 어쩌면 문제의 '그날' 해도 뜨기 전에 재빨리 지워 버렸을 것이다.

플라타너스 아래 벤치에 앉는다. 담배 한 대를 피우고, 파란 하늘에 피어오르고 있는 뭉게구름을 본다. 그리고 문제의 건물에서 어림짐작으로 15층을 찾고, 거기서 잘 손질된 정원수와 잔디밭이 있는 화단까지 대여섯 번 눈으로 떨어져 본다. 한 번은 천천히, 다음엔 빠른 속도로, 번갈아 가면서.

보름쯤 전, 내 눈이 더듬은 바로 그 까마득한 길에 한 소년이 자기 몸을 던졌다. 그를 지탱해 줄 로프도 없고, 떨어지기 시작한 그를 절망적으로 움켜쥐려 하는 손도 없고, 이미 추락의 길로 들어선 그를 보고 비명을 질러 줄 누군가의 눈도 입도 없는 심야의 텅 빈 공허 속으로.

그는 얼마나 외롭고 무서웠을까…….

나는 언제부턴가 그렇게 자기 길을 가 버린 젊은 친구들의 소식을 모아 왔다. 어쩌면 나는 그들의 아픈 사연에서 그 나이 때의 내 모습을 보고 있는 것인지도 모르겠다. 그들을 위해서 아무것도 하지 못하는 나 자신을 부끄러워하면서. 나는 그들의 넋을 달래 줄 이야기를 하나 만들어야겠다고 자주 다짐했지만, 지극히 건조한 몇 줄로 요약되어 있는 저 '닫힌' 사연을 작은 노트에 옮기면서 매번 분노만 터뜨렸을 뿐이다. 그 분노조차 잊어버리게 되지 않을까 초조해하면서.

이 죽음의 행렬을 보기 바란다.

(……) 서울 동작구 한 아파트에서 중간고사를 치르던 한모 양(18)이 11층에서 투신해 목숨을 끊었다. 경남 양산의 정모 군(17)이 아파트 17층에서 투신해 목숨을 끊었다. 대구 수성구 한 아파트에서 이모 양(17)이 투신해 목숨을 끊었다. 강원도 춘천에서 어모 군(16)이 아파트에서 뛰어내려 숨졌다. 인천의 한 과학고 기숙사에서 이 학교 학생 김모 양(17)이 독극물을 먹고 숨진 채 발견됐다. 서울의 한 고등학교 학생회장 이모 군(17)이

아파트에서 투신해 목숨을 끊었다……

(……) 한 양은 '먼저 가서 미안하다. 시험 없는 세상에서 살고 싶다'는 유서를 남겼다. 정 군은 평소 성적이 떨어져 대학에 못 갈 것 같다며 죽고 싶다는 말을 자주 했다. 이 양은 일기에 '성적이 오르지 않아 괴롭다'고 적었다. 어 군은 성적 압박으로 우울증에 시달렸다. 김 양은 친구들의 이름과 '사랑했다' '용서해 다오' 등의 말을 쓴 낙서 형태의 유서를 남겼다. 이 군은 투신하기 전 친구들에게 '먼저 간다. 잘 지내라'라는 문자 메시지를 보냈다……

노트에는 이런 사연들이 가득하다. 인용한 것은 근래의 몇몇 사례일 뿐이다. 이따금 노트를 들여다보고 있노라면 이 나라가 결코 정상적인 나라가 아니라는 생각이 든다. 성적에 민감해지는 봄가을로 전국 도처에서 청소년들이 단지 성적 때문에 줄지어 목숨을 끊고 있는데도 그저 구경만 하고 있는 나라가 어디에 또 있는지 궁금하다.

도대체 그놈의 성적이 뭔가? 사람들은 말하기를, 이 잘난 나라에서 성적은 '가치' 즉 '질'의 확실한 보증수표란다. 그러니까 성적이 오른다는 것은 질의 상승, 다시 말해 '더 나은 삶으로의 일보 전진'이라는 것이다. 그래서 선생들도 부모들도 더 좋은 성적을 따내라고 밀어붙이고 있다.

그러면서 그들은 앵무새처럼 말한다. 이 모든 소동이 다 너를 위한 것이다. 장래 네 삶의 질을 높여 주기 위해서다. 그러니 너의 부모와 너의 선생들이 네 자유를 박탈하고, 네 인격에 굴욕적인 압박을 가하고, 때로 역겨운 모욕을 주더라도 이해하고 받아들여야 한다. 어쩌고저쩌고.

그런데 이거 어디서 많이 들어 본 소리 같지 않은가? 그렇다. 이것은 바로 독재자들의 단골 논리요 수사(修辭)다. 우리에게 더 많은 자유와 행복을 가져다주기 위하여 우리의 자유와 행복을 유보하고 때로 금지하겠다는 소리! 이런 판이니 교육에 관한 한 이 나라는 여전히 독재국가이며 이 나라의 어른들은 여전히 독재자들이라고 불러도 무방할 것이다.

파란 상의를 입은 60대 경비가 내게로 온다. 핏자국이 없는가, 하고 화단을 살필 때 경비실 창 너머로 줄곧 쳐다보고 있더니 마침내 나섰다. 자기 임무에 충실한 그가 무슨 일이냐고 묻는다. 표정은 온화하고 밝지만 눈동자에 경계심이 어려 있다.

"저기서 뛰어내려 목숨을 끊은 아이 말인데요."

집게손가락으로 15층쯤이라고 짐작한 곳을 가리키니, 목을 뒤로 돌리는 동시에 위로 꺾으며 얼른 그쪽을 한 번 보고 나서 다시 나를 내려다본다. 그 짧은 사이에 그의 얼굴이 굳어져 있다. 굳은 얼굴로 그가 묻는다.

"기자님이세요?"

"아닌데요."

"그럼요?"

"소설가인데요."

그의 얼굴이 다시 밝게 펴진다. 기자는 싫지만 소설가는 환영인가? 까닭은 알 수 없으나 어쨌든 나쁠 건 없다. 경비는 담배 한 대를 빼들더니 불은 붙이지 않은 채 손가락에 끼우고 흔들면서 이런 소리를 늘어놓는다. 좋은 환경에, 좋은 부모에, 잘생겼고, 공부도 잘하는 아이였는데, 이해할 수 없다, 안타깝다, 어쩌고저쩌고.

그러고 나서 그는 듣는 사람이 없나 좌우로 재빨리 눈알을 굴리더니 결론을 내린다.

"애가 약해 빠진 탓이죠, 뭐!"

많이 들어 본 소리다. 내가 방황하는 소년이었을 때에도 선생들이 그렇게 말했다. 그들은 '약해 빠진 녀석'이라고 나를 비난했다. 내가 무슨 고민을 하고 있는지에 대해서는 관심도 없었다. 현실과 존재에 대한 의문의 무게 때문에 이른바 '적응'에 문제를 보이는 청소년에 대해 내려지는 이 억울한 판결은 지금에 와서도 변함이 없다. 그런 소리를 들으면 마치 하수구로 빠져나가는 구정물을 보는 것 같다.

나는 경비를 향해 고개를 끄덕여 준다. 변한 게 하나도 없다는 걸 재삼 확인하게 해 준 데 대한 고마움의 표시다. 그러고서 왜 그 소년이 나약해서 죽었다고 생각하느냐고 묻자 그가 눈을 동그랗게 뜬다.

"요즘 애들이 얼마나 약해 빠졌는데요. 우리 때는 대부분이 가난했잖아요. 밥을 굶기도 했고. 허구한 날 동네 아이들과는 물론이고 형제끼리도 싸웠고요. 학교에서는 또 얼마나 얻어터졌어요? 일제 때 교육받은 그 선생들 정말 무지막지하게 팼잖아요. 집에서도 심심하면 얻어터졌죠. 하지만 자살하는 아이들은 거의, 정말 거의 없었어요."

그래, 그건 사실일 것이다. 내가 10대였을 때도 그랬으니 이 경비가 소년이었을 때는 더 심했을 것이다. 정말 많이도 두드려 맞았을 것이고, 굶는 아이들도 많았을 것이다.

하지만 설사 요즘 아이들이 상대적으로 나약하다고 하더라도, 집에서 부모들이 가끔 밥을 굶기거나 두드려 패는 직분을 다하지 않고, 학교에서 선생들이 더욱 가혹하게 마구 두드려 패서 인생의 쓴맛을 보여 주지 않아서 그런 건 아닐 것이다. 게다가 이 경비가 10대였을 때, 그리고 내가 그 나이였을 때는 온 나라가 나서서 모든 아이들에게 1등이 되라고 몰아붙이지도 않았다.

나는 의외로 다변인 부드러운 얼굴의 경비가 나를 자기와 한편이라고 여기는 듯하여 도발을 해 본다.

"그때는 고층아파트가 없어서 그랬을 수도 있죠."

경비가 나를 빤히 바라본다. 내 말의 진의를 파악하려고 하는 듯하다. 나는 가볍게 웃어 준다.

"아닐까요? 어떻게 생각하세요?"

그는 심각한 표정으로 가만히 있더니 이윽고 자기 생각을 말해 준다.

"5층에서 떨어져도 죽습니다."

그런 다음 그는 무거운 짐에서 놓여난 사람처럼 발랄하기까지 한 표정으로 또 한 번 대한민국 도처에서 지겹게 듣고 있는 소리를 늘어놓는다. 어차피 경쟁을 피할 수 없는 게 인생이다, 지금은 무한경쟁이다 신자유주의다 뭐다 해서 더 치열해졌다, 그러니까 그걸 견뎌 내야 하는데 애들을 오냐오냐하며 키우니까 못 견디고 나가떨어지는 것이다, 아이들을 강하게 키워야 한다, 어쩌고저쩌고.

나는 그를 비난하고 싶은 마음이 전혀 들지 않는다. 그의 말은 우리 나라 대다수 어른들의 일반적인 관점이기 때문이다. 거의 무의식적으로 튀어나오는 것이다.

그래, 맞다. 인생은 경쟁, 경쟁, 또 경쟁이고, 살아남는 자는 살아남고, 죽는 자는 죽는다. 아침마다 내 아이도 경쟁에서 낙오하여 패배자가 되지 않기 위하여 쌀 한 포대 무게의 가방을 짊어지고 '학습 공장'으로 출근한다. 매일 아침 그 모습을 보면서 이건 뭔가 잘못된 게 틀림없다고 느끼지만 그 빌어먹을 놈의 '현실'에 포박되어 꼼짝도 못하고 있다. 몇 번인가 중년이 된 친구들과 그 문제를 얘기해 보았지만, 모두들 언제나 '현실'이라는 단어를 벗어나지 못했다.

현실? 우리에게 현실은 간단한 것이다. 10대 시절의 아픈 기억도, 다 함께 조금만 애를 쓰면 분명 가능할 것 같은 '더 나은 교육 환경'에 대한 기대도 언제나 외면하게 만드는 것이 '현실'이다. 기억은 과거의 것이니 이미 돌이킬 수 없고, 기대는 미래의 것이니 믿을 수 없다는 것이다. 그래서 오직 현실뿐이다. 그렇게 현실은 무섭다. 정말 무섭기 때문에 자기 연민을 불러일으키기도 하지만, 동시에 지독한 역겨움을 안겨주기도 한다.

　학부모 10만 명만 뭉칠 수 있다면 못할 게 없겠지만, 학부모 10만 명은 절대로 뭉치지 않을 것이다. 학부모 10만 명이 뭉칠 수 있다면 학교생활을 최소 시간으로 제한하고 사교육을 선별적으로 최소한으로만 허용하는 법률을 통과시킬 수 있겠지만, 학부모 10만 명은 절대로 뭉치지 않을 것이다. 학부모 10만 명이 뭉칠 수 있다면 헌법을 고쳐서라도 우리 아이들에게 자유롭고 행복한 청춘을 보장해 줄 수 있겠지만, 학부모 10만 명은 절대로 뭉치지 않을 것이다.

　그건 환상이다, 라고 모두들 생각한다. 환상이라고 생각하니 정말 환상이다. 혹시 우리 교육 환경이 100% 박 터지는 장사판이 되어야 아이들이 행복해진다고 믿는 시장 광신도들의 끈질긴 공작 탓에 우리가 그렇게 생각하는 건 아닐까, 라는 생각은 거의 해 보지 않는다. 설사 해 본다고 한들 금방 이것도 환상이야, 라고 생각해 버린다. 그러면서 그 환상이 현실이 되어 있는, 즉 교육 환경이 '정상적인' 나라로 '비싼 돈 들여서' 조기유학이나 보내 버린다.

　박테리아가 사체를 애호하듯이 '빨갱이'를 망상적으로 애호하는 변태 '파랭이'라면 이렇게 말할 법도 하다. 그런 놈자식 교육 정책은 아이들의 학력 저하를 가져오고, 아이들의 학력 저하는 장래 국가 경쟁력의 급격한 하락을 가져오고, 결국 한 세대 후엔 삼류국가로 전락하게 만들 것이다, 어쩌고저쩌고.

정말 그럴까? 그렇다면 아이들을 밤 12시가 되도록 학원을 전전하는 심야 방랑자로 만들지 않고도 잘 사는 나라들은 뭔가? 그 선진국가들은 어떻게 아이들의 학력을 유지하고 있는 것일까? 어떻게 그 아이들은 나라의 '미래'로서 성장할 수 있을까? 우리나라 같은 2류 국가들 몰래 아이들이 집에서 심야 과외를 받고 있기라도 하다는 말인가?

교육에 관한 한 우리는 이 나라의 '현재'와 이 나라의 '현실'을 불변하는 상수처럼 숭배하고 있다. 마치 영원히 움직일 수도 없고 움직여서도 안 되는 '닻'처럼 여긴다. '덫' 같은 닻이다. 이 닻을 걷어 올리고 항해를 해 볼 생각이 전혀—이 말이 심하다면 '거의'— 없다.

그런데 흥미로운 점이 있다. 모든 사람들이 그런 것은 '절대로' 아니지만, 비교적 정신적 자유를 소중히 여기는 직종에 종사하고 있는 나의 지인들은 대체로 자신들의 '그 시절'을 결코 다시 겪고 싶지 않다고 말한다는 것이다. 선택할 수 있다면 전혀 다시 하고 싶지 않다고. 그 나이가 다시 주어지고, 내 마음 대로 선택할 수 있다면 자유롭고 억압 없는 청춘 시절을 보내고 싶다고.

내가 보기엔 이런 '분열'이 바로 교육에 대한 대한민국 기성세대의 정신적 풍경이다. 다른 분야는 모르겠으나 최소한 교육에 관한 한 우리는 무엇이 좋은지 알면서도 그걸 외면해 버린다는 점에서 지독하게 타락한 사람들이다. 우리는 똑같은 소리만 녹음기처럼 읊어 댄다. 이상이 뭔지는 안다, 그러나 눈앞에는 현실이 있다, 세상은 전진할 뿐 뒤돌아보지 않는다, 경쟁, 적자생존, 어쩌고저쩌고.

그렇게 자신을 위로한 뒤에, 우리는 죽은 아이들의 그 나이에 우리가 품었던 아름다운 이상을 혐오하기조차 한다. 그리고 그런 식으로, 젊은 시절 우리가 몹시도 혐오했던 그 비겁한 현실주의 속에서 죽어 지내는 삶을 살다가 마침내 낡고, 그리고 진짜로 죽는다. 아니, 이럴 때는 '골로 간다'고 표현해야 한다. 고통 받는 청소년의 입장에서 보자면 참으로 '쌤통'일 것이다.

"아저씨!"

웬 여자의 날카로운 외침이 들려온다. 경비가 움찔하며 입을 닫는다. 나를 바라보는 눈에 공포가 어려 있다. 그가 돌아선다. 경비실 앞에 젊은 여자가 서 있다. 몸매에서 전투태세가 느껴지는 그 여자에게로 경비가 부리나케 뛰어간다……

다시 혼자다. 담배 한 대를 천천히 피우고 나서 노트를 펼쳐서 읽어 본다. '못난 아들 수치스러운 아들 아무개가 먼저 떠납니다'라고 그 소년은 말했다. 자신이 시험에 실패하면 어머니 아버지는 창피할 것이며 자신 때문에 엄청 괴로울 것이라고. '반 아이가 죽으면 그 반 담임선생이 쫓겨난다고 들었습니다'라고 그는 말을 이었다. 제발 담임선생님을 쫓아내지 말라고, 그 선생님은 자신이 만난 선생님들 중에서 가장 좋은 분이라고.

그리고 빠질 수 없는 말. '다시 태어나면 공부 잘하는 사람이 되겠습니다.'

떠난 아이들의 유서에는 이런 비슷한 내용이 많다. 그들은 세상도 부모도 선생도 원망하지 않고 오히려 자신을 비난하고 있다. 세상과 어른들에게 물어야 할 '죄'와 '벌'을 자신이 떠안고 있는 것이다. 어떻게 이런 '착한' 아이들을 보고 나약해 빠져서 죽는 것이라고 쉽게 말할 수 있는가?

대부분의 아이들이 잘 적응하고 있다고 말하지 말자. 한 사회의 도덕성은 그 사회가 알게 모르게 내쫓고 있는 '소수'에 대한 태도에 달려 있다. 그런 점에서 우리 사회는 별로 도덕적으로 보이지 않는다. 도덕적이지 않을 뿐 아니라 죄인들로 가득 차 있다. 나는 어떤 종교적 믿음도 없는 사람이지만, 대한민국은 온갖 신자들로 넘쳐나는 나라이니까, 우리가 생산한 어린 '새끼'들을 죽음에 이르도록 방치하는 나라를 죄인들의 나라라고 부른다고 이상할 것 같진 않다. 그러니 우리 모두 죽어서 지옥으로 갈 일만 남았다고 봐야 하지 않겠는가?

뭘 잘못했는지 젊은 아줌마에게 한바탕 호되게 야단을 맞은 경비가 경비실 창 너머로 나를 바라보고 있다. 소설가에게 호의적인 그는 당장 벤치로 와서 자기가 왜 야단을 맞았는지 떠들고 싶어 하는 것 같다. 하지만 '현실'을 생각해서 그는 그 자리를 지키고 있어야 한다.

노트에 몇 가지 메모를 하고 나는 벤치에서 일어선다. 기지개를 켜고 목례를 하니 경비도 고개를 까딱한다.

모르는 사이에 더 많은 뭉게구름들이 파란 하늘에 피어오르고 있다. 어쩌면 소나기가 올 것 같다. 바람결에서도 눅눅한 서

늘함이 느껴진다. 집에 닿기 전에 소나기를 맞게 될지도 모른다. 어느 건물 입구로 들어가서 멍하니 서 있거나 계속 걸으며 흠뻑 젖어야 할 것이다. 아마도 후자를 택해야 하리라. 이제 '현실'의 마을로 돌아가는 길이니, 그 우연한 빗물이 환상을 깨부수고 분노를 죽이는 데 도움이 될 테니까……